Inhaltsverzeichnis

I0623185

Vorwort

1. Kapitel Eine unangenehme Begegnung

2. Kapitel Der Besuch

3. Kapitel Der Grillabend

4. Kapitel Die Höhlen von Sorbas

5. Kapitel ...es brodelt weiter

6. Kapitel Es sollte ein ruhiger Tag werden

7. Kapitel Die Schuldfrage

8. Kapitel Die Entschuldigung

9. Kapitel Armors Pfeil

10. Kapitel Dicke Luft

11. Kapitel Am Strand

12. Kapitel Schreie über Las Buganvillas

13. Kapitel Begegnung mit dem Chef

14. Kapitel Das richtige Ambiente...

15. Kapitel ...endlich eine Antwort!

16. Kapitel Luises Geburtstag

17. Kapitel Ab nach Hause

Vorwort

Ja die Liebe...sie ist nicht einfach und nicht immer ist es so wie es sein sollte. Sie nimmt oftmals viele Umwege...

...verirren wir uns da in etwas?

...interpretieren wir was falsch?

...bilden wir uns was ein, was gar nicht ist?

...oder laufen wir aneinander vorbei?

...wird vielleicht etwas nicht ausgesprochen, was aber ausgesprochen gehörte?

...das Herz leidet...die Seele leidet....

...der Kopf sucht nach Gründen...und Antworten!

...immer wieder taucht die Frage auf, warum?

...man sucht nach Erklärungen!

…doch nur Einer kann dir die Antwort geben!

…wenn du sie nicht bekommst, versuchst du dich abzulenken, doch deine Gedanken holen dich ein!

…dich begleiten stets Traurigkeit, Wut über dich selbst, Wut über den Anderen, bis zu Rachegelüsten.

Aber auch positive Gedanken, wie Wärme, Sehnsucht, Geborgenheit begleiten dich. Manchmal möchtest du dich einfach fallen lassen.

…ja, dein stetiger Begleiter ist ein Mix aus Hoch und Tief, Kalt und Warm, Wut und Sehnsucht…was für ein Chaos!

1. Kapitel

Die Nacht brach herein, als Luise ihren Koffer zusperrte. Ihr standen die Schweißperlen vor Wut über sich selbst auf der Stirn. Sie liebte einen Menschen, der sie nicht wollte und trotzdem nahm er sich das Recht, in ihrem Herzen zu wohnen. Sie hatte wirkliche Schwierigkeiten, dieses Thema abzuschließen und sie ärgerte sich darüber, dass sie nicht beziehungsfähig war. Sie konnte es nicht mehr ertragen, irgendwelche Kompromisse in der Liebe einzugehen. Deshalb benötigte Luise dringend eine Auszeit von Beruf und vor allem von Beziehungskisten und so plante sie eine Reise nach Garrucha in Spanien. Ihre Eltern wohnten dort und sie wollte sie mal wiedersehen. Luise machte ihrer Freundin Rosalie den Vorschlag, sie zu begleiten und diese war sofort Feuer und Flamme und so beschlossen sie, für vier Wochen in die herrliche Anlage „Las Buganvillas in Garrucha zu fahren. Rosalie war Luises beste Freundin. Sie war ein Kopf größer als Luise und sie hatte auch etwas mehr auf den Rippen. Doch ihre roten Haare und die Sommersprossen im Gesicht machten Rosalie einfach nur sympathisch. Sie trug das Herz am rechten Fleck und hatte für Luise immer ein offenes Ohr. Luise weihte sie stets in alles ein, was ihre Beziehung oder ihre sehnsüchtige Liebe anging. Nachdem nun mehr als zehn Jahre vergangen waren, fand Rosalie, dass Luise diese sehnsüchtige Liebe abschließen sollte und vielleicht eine Reise nach Spanien die Lösung sei.

Es war schon dunkel als es an der Tür klingelte. Luise öffnete und nahm das Gepäck ihrer Freundin entgegen, um es im Kofferraum ihres Autos zu verfrachten.

Schließlich gab es da noch ihren vierzehnjährigen Sohn, der mit von der Partie war. Er sprang die Treppen runter und warf freudig seine

Sporttasche Rosalie zu. Marcus war ein typischer Teenager, frech, dunkle Haare und sportlich.

Rosalie grinste: „Ist das alles was du mitnimmst?"

„Ja, ich brauch da nicht viel, hauptsächlich mein Badezeug!"

Sie lachte: „Ja und wenn du da ein paar hübsche Schnecken kennen lernst und weggehen möchtest? Was ziehst du dann an? Deine Badehose?"

Marcus musste lachen und zuckte mit den Augenbrauen: „Wer weiß wer weiß…"

Alle stiegen ins Auto ein. Luise checkte noch einmal, ob sie alles dabei hatten einschließlich ihrer Papiere. Endlich konnte es losgehen. Es lag eine Strecke von zweitausendvierhundert km vor ihnen bis Andalusien im südlichen Spanien, wo sich der kleine Fischerort Garrucha, in der Provinz Almeria, befand, mit seiner verträumten Anlage „Las Buganvillas". Sie planten zwei Tage für die Hinfahrt. Mitten in der Nacht brauchte Luise dringend einen Kaffee, um nicht einzuschlafen. Sie waren bereits in Südfrankreich, als sie einen Rastplatz ansteuerten. Luise stieg aus, reckte und streckte sich, wobei ihr der warme Wind eine Meeresbrise entgegenwehte. Menschen tummelten sich rundherum, es war Urlaubsstimmung pur.

Luise bückte sich und sah ins Auto: „Na ihr Zwei kommt ihr? Ich brauch dringend einen Kaffee."

Marcus wachte langsam auf und auch Rosalie kam nur schwer in die Gänge. Luise steuerte auf die Raststätte zu, direkt in Richtung Kaffee. Sie stand vor dem Automaten und ließ das schwarze Gebräu in den Becher laufen, als jemand sie von hinten anrempelte.

Sie verschüttete den Kaffee und schimpfte: „Manno, muss das sein?"

Ärgerlich drehte sie sich um. Sie erstarrte zur Salzsäule, ihr Mund wurde ganz trocken. Sie konnte nicht glauben, wen sie da sah.

Rosalie wurde aufmerksam und musterte den Mann. Er war sehr groß, deutlich älter als Luise, hatte aber eine sportliche Figur. Sein Haar war schon leicht ergraut. Er hatte sinnliche Lippen und ein strahlender Blick aus blauen Augen traf Luise. Er sah sie nur an und brachte kein Wort heraus, scheinbar verschlug es ihm die Sprache.

Doch eine Frau, die hinter ihm stand, trat vor: „Es tut uns leid, entschuldigen sie bitte."

Luise musterte sie, die Frau war groß, hatte dunkle Haare und war schlank. Luise nickte, drehte sich um und suchte sich einen Tisch. Marcus und Rosalie folgten ihr wortlos. Gedankenverloren saß Luise am Tisch und trank ihren Kaffee bis Rosalie sie anstupste: „Hey, was ist los, kennst du den Mann?"

Die Frage rüttelte Luise aus ihren Gedanken: „Ja, Leider!"

„Oha! Wer war das?" fragte Rosalie neugierig.

Luise nahm einen kräftigen Schluck. Nach einer kurzen Weile sagte sie mit bebender Stimme: „Er war es!"

Rosalie war geschockt, doch dann legte sie los: „Wie? Ernsthaft Er? Der, dem du seit über einem Jahrzehnt hinterhergelaufen bist?"

Luise nickte.

„Oh mein Gott und wer waren die Anderen?"

Luise zuckte mit den Schultern: „Also eine war sicher seine Frau, die anderen Zwei weiß ich nicht."

Luise wollte nicht mehr an ihn denken. Vor allem sollten die Gefühle für Ihn nie wieder die Oberhand gewinnen. Sie wollte das Thema abschließen, doch irgendwie waren da zu viele Fragen offen. Vor allem stand noch eine Lüge im Raum! Er hatte ihr damals erzählt, dass er geheiratet hätte, doch er heiratete erst vier Jahre später! Immer wieder stellte sie sich die Frage, WARUM hat er sie belogen, das ergab keinen Sinn. Er hat nie das Gespräch mit ihr gesucht und er nahm ihr jegliche Chance, um ihn zu kämpfen. Warum?? Hätte er nicht sagen können: „Hey...du bist einfach nicht mein Typ?" Warum belog er sie?

Rosalie riss Luise aus ihren Gedanken: „Komm, er ist es nicht wert, darüber noch nachzudenken! Schließ das Thema ab! Lebe hier und jetzt und denke an die Zukunft, nicht an die Vergangenheit."

Luise nickte und stand auf: „Kommt ihr? Fahren wir weiter, ich brauch Urlaub."

Marcus nahm seine Mum in den Arm und grinste: „Das ist doch mal eine gesunde Einstellung!"

Sie stiegen wieder ins Auto und fuhren in Richtung Barcelona. Von dort aus fuhr Rosalie weiter bis Garrucha. Luise lehnte sich zurück und konnte schlafen. Am Spätnachmittag kamen sie am Ziel an.

Herzlich begrüßte Luises Mutter alle. Luise hatte sich ein eigenes Haus gekauft, direkt neben dem der Mutter und so bezogen sie zuerst einmal ihr Haus und packten ihr Auto aus. Marcus zog sich gleich seine Badehose an und verschwand im Pool, während Luise und Rosalie zum Kaffeetrinken auf die Dachterrasse der Mutter gingen. Endlich konnte Luise entspannen und die Seele baumeln lassen.

Rosalie lehnte sich im Stuhl zurück: „Ist das nicht herrlich?"

Luise musste schmunzeln und die Mutter meinte: „Ja, genießt mal die vier Wochen, das wird euch guttun. Luise! Bevor ich es vergesse, ich bekomme morgen Besuch aus Deutschland. Der bleibt vier Wochen. Vielleicht habt ihr ja Lust, dass wir alle gemeinsam was unternehmen," meinte die Mutter.

„Mal sehen", sagte Luise und trank ihren Kaffee. Sie wollte jetzt nicht weiter darüber nachdenken, sondern einfach nur ihr Hier und Jetzt genießen.

Später zeigte Luise ihrer Freundin die gesamte Anlage und abends beschlossen sie, noch an die Playa zugehen. Heiße Rhythmen schlugen ihnen aus dem Hotel Indalo entgegen, die sie magisch anzogen und so tanzten und feierten sie bis in den frühen Morgen hinein. Völlig ausgepowert fielen sie im Anschluss in ihre Betten.

2. Kapitel

Zwölf Uhr mittags weckte Marcus seine Mum.

„Hey aufstehen, es ist schon Mittag! Oma schickt mich, ihr sollt frühstücken kommen, sonst räumt sie ab, " tönte er laut.

"Ja, ich komme gleich, " antwortete Luise und verzog sich stöhnend ins Bad. Sie zog ihren Badeanzug an, darüber eine zerrissene Jeans und ein weißes T-Shirt.

Fragend sah Rosalie, die ebenfalls unsanft geweckt wurde, auf Luise: „Wo willst du denn hin? Ich dachte wir gehen frühstücken!"

„Ja, geh du mal vor, ich muss erst eine Runde schwimmen, um einen klaren Kopf zu bekommen." Sie schnappte sich ihr Handtuch und verschwand.

Bei Irene, Luises Mutter, war der Besuch aus Deutschland bereits eingetroffen und saß auf der Dachterrasse beim Frühstück. Rosalie betrat die Terrasse und traute ihren Augen nicht. Da saß ER. Fassungslos starrte sie ihn an. Aber auch ER war sehr erschrocken, als er Rosalie wiedererkannte. Sie dachte an Luise, was wird sein, wenn sie ihn erblickt? Doch da mussten jetzt alle durch.

Irene übernahm das vorstellen: „Das ist Rosalie, eine Schulfreundin von meiner Tochter", und auf die Gäste hindeutend: „Das ist Angela mit ihrem Mann Heinz und ihr Bruder Philipp mit seiner Frau Joel."

Rosalie brachte nicht mehr als ein kurzes „hallo" raus. Sie setzte sich neben Irene und musterte dabei Angela. Tausend Fragen gingen ihr durch den Kopf. Woher kennt Irene diese Leute? Wie kommt ER hierher?

„Wo ist Luise?" fragte Irene.

„Schwimmen, sie kommt gleich!"

„Wie immer unpunktlich", meinte Irene etwas verärgert.

Philipp saß Rosalie gegenüber. Er wirkte plötzlich sehr nervös, denn er erkannte schlagartig, dass Luise die Tochter von Irene sein musste.

Na, das können ja tolle Ferien werden, dachte Rosalie, während sich Irene angeregt unterhielt und nichts von der Spannung zwischen ihrem Besuch und Rosalie merkte.

Gerade kamen Luise und Marcus die Treppe herauf, als Irene sie sah: „Endlich, die Lebensmittel gehen doch alle kaputt, wenn sie so lange in der Sonne stehen. Kommt jetzt frühstücken!"

Luise stöhnte: „Ich komme doch schon, ich brauche eh nur einen Kaffee, mehr nicht!"

Luise entdeckte den Besuch ihrer Mutter und plötzlich erblickte sie Philipp. Ihr Atem stockte, sie brachte kein Wort heraus, so erschrocken war sie.

Irene schob ihren Enkel vor: „Darf ich vorstellen, das ist Marcus, mein Enkel." Sie deutete auf Luise „und das ist meine Tochter Luise."

Angela stand auf und reichte Luise die Hand. Doch es dauerte eine Weile, bis sich Luise gefasst hatte. Es waren nur wenige Sekunden, die aber ausreichten, um Angela die Blicke zwischen ihrem Bruder und Luise bemerken zu lassen. Schließlich streckte Luise ihr die Hand entgegen.

Auch Joel erkannte Luise wieder: „Wir sind uns doch gestern in der Autobahn-Raststätte begegnet!"

Luise antwortete nicht. In ihrem Kopf arbeitete es, ER hier, bei ihren Eltern, wie ist das möglich? Das ging doch gar nicht!

Irene unterbrach ihre Gedanken: „Luise, willst du jetzt frühstücken?"

„Nein, nur Kaffee bitte!" antwortete sie mit bebender Stimme.

Die Gedanken spukten weiter in ihrem Kopf herum. Er hatte Zugang zu ihrem Privatleben, das konnte sie nicht dulden. Sie witterte Krieg.

Sie setzte ihre große Sonnenbrille auf, um sich dahinter zu verstecken, während es in ihr weiter tobte. Er lehnte sie aus irgendeinem ihr unbekannten Grund ab. Belogen hat er sie. Also gab es keinen Grund mehr, freundlich zu ihm zu sein.

Irene brachte ihr eine Tasse Kaffee. Luise beobachtete alle hinter ihrer Sonnenbrille. Alle unterhielten sich ganz angeregt, nur Philipp schwieg und blickte immer wieder auf sie.

Luise trank ihren Kaffee und stand auf: „Mum, ich gehe einkaufen. Benötigst du etwas?"

„Ja, wie sieht es aus, grillen wir heute Abend?"

Luise hätte am liebsten, nein, gesagt doch sie wollte ihre Mutter nicht enttäuschen: „Ja, wenn du das gerne möchtest!"

Irene nickte und gab Luise einen Einkaufszettel.

Joel stand vom Tisch auf: „Na, ich werde erst einmal die Koffer auspacken."

Luise stupste Rosalie an, was so viel wie „los komm" hieß. Sie wollte so schnell wie möglich weg von hier.

Als Luise auf dem Weg zum Auto war, atmete sie auf: „Gott sei es gedankt, dass wir unsere eigene Bude haben."

Rosalie blickte sie ernst an: „Glaubst du wirklich das, das gute Ferien werden?"

Luise schob ihre Brille etwas runter: „Aber natürlich, werden das gute Ferien, könnte nicht besser sein!" schließlich setzte sie die Brille wieder auf und stieg ins Auto ein.

Rosalie war über diese Worte beunruhigt. Sie machte sich ernsthafte Sorgen um Luise.

Sie hatten alles eingekauft und brachten die Grillsachen ihrer Mutter: „Möchtest du schon mit den Vorbereitungen zum Grillen anfangen?" schlug sie ihrer Tochter vor, da sie gerade ihren Besuch in der Anlage herumführen wollte.

Entgeistert sah Luise ihre Mutter an: „Ich??? Ne ne, das ist dein Besuch! Ich geh mit Rosalie und Marcus zum Strand. Wenn ich wiederkomme, mach ich noch einen Tomatensalat, mehr nicht. Das Fleisch ist schon eingelegt und das Baguette legen wir dann nur noch auf den Grill."

„Ja aber was ist mit einem Kartoffelsalat oder einem Nudelsalat?"

„Na wenn ihr einen wollt, dann macht euch einen, ich mag keinen!"

„Ach Luise!" sagte Irene energisch.

Luise nahm ihre Sonnenbrille ab: „Für DIE werde ich nichts machen, aber auch gleich gar nichts!"

Irene war über ihre Worte entsetzt: „Was hast Du gegen meinen Besuch? Kennst du meinen Besuch?"

Luise setzte die Brille wieder auf: „Nur Einen und das ist ein Lügner!"

Verwirrt stand Irene vor ihr: „Aber wieso?"

„Ich liebe dich auch Mutter", Luise drehte sich um und wollte durch die Tür verschwinden.

Doch Philipp stand im Türrahmen: „Welche zarten Worte! Damit sollte man sparsam umgehen!"

Luise sah ihn an: „Dazu müsstest du Lügner erst einmal die Bedeutung dieser Worte kennen." Keck drehte sie sich um, schob ihre Brille zurück auf die Nase und verließ das Haus.

Fragend und verdattert sah er ihr nach. Er spürte, dass er in ihre Privatsphäre eingedrungen war und sie damit verletzt hat.

„Luise!" rief ihre Mutter nichts ahnend hinterher.

Den Nachmittag verbrachte Luise mit Rosalie und Marcus am Strand.

Rosalie setzte sich zu Luise: „Ich hoffe, du machst keinen Unfug!?"

Luise legte sich entspannt auf ihr Handtuch: „Zu spät! Das Kriegsbeil ist schon ausgegraben!"

„Luise, ich wollte Erholung! Das kann nicht gut gehen!" stöhnte Rosalie und ließ sich in den Sand fallen.

Nun war Luise verärgert: „Na hör mal, das hier ist mein zu Hause. Da hat er nichts zu suchen! Er hat mich von vorne bis hinten belogen und betrogen. Das dürfte dir ja wohl inzwischen bekannt sein. Und nun ist er nach zehn Jahren wieder in mein Privatleben eingedrungen. Das bedeutet Krieg."

„Mach was du willst, aber lass mich da raus!" antwortete Rosalie genervt.

„Klar! Wenn das geht!"

3. Kapitel

*Es war schon spät, als Luise, Rosalie und Marcus vom Strand
zurückkehrten. Irene hatte schon alles für einen gemütlichen
Grillabend vorbereitet. Auch Rüdiger, ihr Mann, ist extra von seiner
Baustelle in Almeria nach Hause gekommen und übernahm das
Anheizen des Grills.*

*Langsam trudelten alle auf der Dachterrasse ein, nur Luise fehlte. Sie
musste unbedingt erst noch duschen.*

*„Mensch, wir haben Getränke vergessen zu kaufen!" fiel es
Irene siedend heiß ein: „Ich kann Euch nur Wasser oder Bier
anbieten."*

*Rosalie grinste: „Wir könnten doch eine Bowle machen. Ich fahr dann
schnell mit Luise zum Einkaufen!"*

*Luise, die sich inzwischen auch eingefunden hatte, verstand Rosalie
nicht. Sie wollte doch eigentlich mit der ganzen grillerei so wenig wie
möglich zu tun haben und nun dieser Vorschlag! Luise warf Rosalie
einen bösen Blick zu.*

*Ihre Mutter war jedoch begeistert: „Oh ja, das wäre eine tolle Idee.
Vor allem sehr erfrischend!"*

*Auch Angela war angenehm überrascht: „Aber woher bekommt ihr
denn noch um diese Zeit Getränke her?"*

„Angela, du bist in Spanien und hier haben die Geschäfte bis zweiundzwanzig Uhr auf, " sagte Irene.

„Gut dann fahren wir!" sagte Rosalie und zwinkerte Luise zu.

Als sie im Auto saßen, sah Luise fragend Rosalie an.

Ihre Freundin kicherte: „Ach komm schon, wir machen mal einen Scherz und füllen die richtig ab! Das haben sie dann deinem ER zu verdanken, der hat`s nicht anders verdient!"

Luise musste schmunzeln: „Ich dachte, du wolltest da nicht mit reingezogen werden!? Und nun schmiedest du Schlachtpläne??!!"

„Na klar! Ich kann doch meine beste Freundin nicht im Stich lassen. Außerdem habe ich meine neue Kamera dabei, die möchte ich gern ausprobieren! Wir zaubern eine Bowle, bei der man den Hochprozentigen nicht so herausschmeckt, die aber doch so wirksam ist, dass sie ihnen noch lange in Erinnerung bleiben wird."

Kurze Zeit darauf kehrten die Frauen mit ihren Einkäufen zurück und Rosalie stellte sich in die Küche, um die Bowle zu mixen. Während Luise und Rosalie nur alkoholfreie Fruchtsäfte tranken, kippten sie so nach und nach immer wieder Likör, Rum und Wodka in die Bowle. Es schmeckte allen herrlich, die Zunge wurde immer schwerer, der Kopf *immer benebelter, die Wünsche immer freizügiger und die Kamera filmte fleißig.*

Joel, die sich die Bowle nur so reinkippte, wurde ganz websig. Ihr Verstand wusste nicht mehr, was ihre Finger taten. Sie fummelte an Philipp herum. Ihre Hände glitten über seine Brust bis hin zum Bauch um letztendlich in seinem Schritt zu landen.

Philipp, noch nicht ganz so abgefüllt, wurde nervös. Ihm war es sichtlich peinlich und so schob er ihre Hände zurück in der Hoffnung, dass es noch keiner bemerkt hätte.

Doch die liebe Kamera surrt und surrte, was ihm nicht auffiel.

Jetzt stand Joel auf, um ihn zu küssen, aber sie verlor das Gleichgewicht und sank auf seinen Schoß, der Stuhl gab nach und beide kullerten auf der Erde herum.

Luise konnte sich kaum vor Lachen halten.

Seiner Schwester Angela war das eher peinlich und Rosalie setzte allem noch die Krone auf mit der Frage: „Möchte noch jemand Bowle?"

Irene war auf dem Stuhl eingeschlafen und Angela versuchte jetzt ein Gespräch mit Luise zu führen, als Joel plötzlich lallte: „Mir ist so heiß!"

Joel fing an sich zu entblößen, erst die Bluse, dann die Strümpfe, dann der Rock. „Phillilein, komm Tanz mit mir!" Doch Phillilein war nicht mehr in der Lage nur aufzustehen, geschweige denn zu tanzen. Er kippte einfach hintenüber und lag in Morpheus Armen.

Joel stieg auf den Tisch. Sie ließ nach feurigen Klängen aus dem Radiorecorder ihre Hüften kreisen und entledigte sich dabei ihrer restlichen Hüllen. Nur ein Slip zierte noch ihren smarten Körper.

Angela verschlug es die Sprache und Rüdiger stierte einfach nur Joel an.

Jetzt hatte Heinz genug.

Er sprang auf und rüttelte energisch an Philipp: „Hey, wach auf und bring deine Frau zur Vernunft! Bring sie am besten gleich ins Bett!" Aber Philipp reagierte nicht mehr.

Heinz blickte auf Joel, die nicht mehr zu bremsen war: „Was soll ich denn machen, die sind so voll, denen hilft nur noch das Bett!"

Luise amüsierte sich königlich, doch sie sagte keinen Ton zu diesem Chaos. Und die Kamera lief!

Nun forderte Heinz, den Rüdiger auf, ihm zu helfen. Sie packten Joel an den Armen, zerrten sie vom Tisch und brachten sie endlich in ihr Zimmer. Angela sammelte die Klamotten ein, brachte sie zu Joel und half ihr ins Bett.

Philipp ließen sie auf der Terrasse seinen Rausch ausschlafen. Die restliche Gesellschaft ging ebenfalls zu Bett.

Endlich kehrte Ruhe ein! Luise und Rosalie waren mit dem Erfolg ihrer Bowle sehr zu frieden.

4. Kapitel

Am nächsten Morgen gab es ein böses Erwachen. Nur Rosalie, Luise und der kleine Marcus waren munter und frisch. Fröhlich stand Luise auf, um den Frühstückstisch auf Mutters Terrasse zu decken. Rosalie begleitete sie. Als die beiden Frauen auf die Terrasse kamen, sahen sie Philipp, der wie ein Baby zusammengerollt auf einer Liege schlief. Rosalie war sofort wieder begeisterte Filmerin und als solche hatte sie ständig ihre Kamera dabei.

Rosalie ging langsam während des Filmens auf Philipp zu und weckte ihn mit nicht gerade sanfter Stimme: „Guten Morgen, aufstehen!"

Philipp zuckte zusammen. Die Augen ließen sich kaum öffnen, sein Schädel brummte.

Langsam drehte er sich zu Rosalie um, die ihn immer noch begeistert filmte: „Verdammt, nicht so laut!"

Er versuchte sich zu erheben. Sein Magen war jedoch nicht damit einverstanden.

Rosalie fragte schadenfroh: „Na, haben wir gestern etwas über den Durst getrunken?"

Philipp zuckte wieder zusammen und wurde kreidebleich. Luise, die ihn beobachtete, ahnte Fürchterliches. Im Gegensatz dazu war Rosalie so mit Filmen beschäftigt, dass sie nicht mehr rechtzeitig das Weite suchen konnte, als sich der Magen von Philipp von innen nach außen kehrte. Es hatte Rosalie voll erwischt. Sie sah an sich herunter und wurde ganz grün im Gesicht. Sie kämpfte mit sich, ihrem Magen und dem Gestank.

Gott sei Dank reagierte Luise umgehend. Kurzerhand nahm sie den Wasserschlauch, drehte den Hahn auf und zielte voll auf die Beiden.

Rosalie war geschockt. Sie konnte gerade noch ihre Kamera in Sicherheit bringen, dann waren Beide pudelnass, aber sauber!

Rosalie ging ins Haus um sich umzuziehen.

Philipp war schlagartig nüchtern und warf Luise giftige Blicke zu: „Besten Dank!" sagte er.

„Ach bitte, immer wieder gerne!" antwortete Luise.

Philipp verließ die Terrasse um sich umzuziehen und Luise konnte endlich in Ruhe den Frühstückstisch decken.

Es dauerte nicht lange und Luises Vater, Marcus und Rosalie erschienen auf der Terrasse. Sie setzten sich schon mal nieder und tranken eine Tasse Kaffee, als Irene die Treppe heraufkam.

„Guten Morgen…puh, was stinkt denn hier so?" fragte sie.

„Naja, das sind die Folgen eures Alkoholkonsums!" antwortete Luise keck.

Auch Angela und ihr Mann erschienen zum Frühstück und endlich stolperten noch Philipp und Joel die Treppe hoch und die Gesellschaft war komplett.

Nun ging es an das Pläne schmieden für den heutigen Tag.

„Ich würde vorschlagen, wir fahren zu den Höhlen von Sorbas", meinte Irene.

Angela war sofort begeistert. Es standen zwei Autos zur Verfügung und Angela verteilte gleich die Plätze. Marcus wollte zu Hause bleiben und schwimmen. Irene und Rüdiger sollten unbedingt bei Angela und ihrem Mann mitfahren und so mussten Luise und Rosalie gezwungenermaßen Philipp und Joel mitnehmen.

Philipp war im Begriff, vorne an der Beifahrerseite einzusteigen. Doch Luise wollte ihn mal wieder eins auswischen. „Phillilein, Kinder fahren bei uns hinten mit!"

„Langsam reicht`s, Luise!"

„Findest Du?" antwortete Luise und stieg an der Beifahrerseite ins Auto.

Von hinten tönte Joel: „Philipp, steig endlich ins Auto ein und zick nicht so rum! Vor allen Dingen schrei nicht so laut!"

„Sauf nicht so viel, dann verträgst Du auch den Lärm besser!" konterte Ihr Mann.

„Sag mal, wie redest Du denn mit mir?" Joel war nicht mehr zu bremsen und ein herrlicher Streit entbrannte.

Luise setzte ihre Sonnenbrille auf und lehnte sich gemütlich im Sitz zurück und Rosalie drehte ihre Musikanlage so laut auf, dass sie das Geschrei auf dem Rücksitz übertönte. Nach einer Weile waren die Zwei ausgepowert und wurden immer ruhiger. Jetzt konnten sie endlich zu den Höhlen von Sorbas starten.

Sobald es in den brüchigen Gipsbergen um Sorbas regnet, fließt Wasser durch das durchlässige Gestein und tropft in unterirdische Hohlräume. Dort sucht sich das Wasser Wege, um wieder bergab Richtung Meer zu fließen. So entstanden tiefliegende Canyons und ein gigantisches unterirdisches Höhlensystem mit mehr als 1000 Höhlen. Ungewöhnliche Gipsformationen wie Palisaden, Gipsblasen,

Korallen, Ringe und emporwachsende Tropfsteine wie Stalagmiten und herabhängende Stalaktiten lassen sich an den Decken und Wänden der Höhlen bewundern. Die Höhlen von Sorbas bilden das größte Gipshöhlensystem in Europa und das viertgrößte in der Welt.

Luise und der übrige Clan kamen endlich im Besucherzentrum Cuevas de Sorbas an. Der Eintritt kostete dreizehn €uro und sie bekamen einen Helm mit einer Lampe verpasst. Der Gruppenführer stellte sich vor und ab ging es in die Höhle. Die Gänge waren dunkel und schmal. Nur die Lampe am Helm verstreute Licht und ließ die Gipskristalle erstrahlen. Plötzlich schien der Gang zu enden. Einer nach dem anderen verschwand, bis Luise und Co, vor einem niedrigen Loch in der Felswand standen. Also da ging es durch, einen anderen Weg gab es nicht. Luise machte den Anfang. Es war ja gar nicht so schlimm. Einer nach dem anderen kroch auf allen Vieren durch das Loch, bis Philipp an der Reihe war. Er war nicht gerade klein und es kam, wie es kommen musste, Philipp blieb prompt im Loch stecken. Er kam nicht mehr zurück und es ging auch nichts vorwärts. Rosalie schüttete sich mal wieder aus vor Lachen, trotzdem die Situation recht heikel war. Was tun!

Resolut packte Luise einen Arm von Philipp: „Kommt, helft mal mitziehen!"

Der Zweite packte den anderen Arm und zwei weitere griffen unter die Arme.

„So, nun versuche die Beine auszustrecken und dich so schlank wie möglich zu machen. Dann werden wir es schaffen!" sagte Luise.

Und es klappte, wenn auch Philipp ein wenig lädiert danach aussah, das Shirt zerrissen, die Hosen verdreckt, die Knie zerschunden.

Rosalie tippte ihn von hinten an: „Bitte lächeln!".

Verdutzt sah er sie an und schon hatte sie ihn mal wieder fotografiert. Nun mussten sie sich sputen, um die Gruppe wieder einzuholen. Sie stolperten durch die Gänge, die nur spärlich beleuchtet wurden, durch ihre Lampen am Helm und standen plötzlich vor einem recht großen Felsen, der den Weg versperrte.

Auf dem Felsen stand ein kleines schmächtiges Männlein und schaute sie recht selbstbewusst an: „Bitte, meine Damen und Herren, sie müssen über diesen Felsen. Ich werde ihnen helfen, reichen sie mir die Hand."

Zuerst zog er die Frauen hoch, was recht einfach erschien. Dann war Philipp an der Reihe. Skeptisch sah er den Mann an und dachte, mich schafft der nie. Aber es gab nur zwei Möglichkeiten, entweder das Männlein hatte wirklich die Kraft, ihn hochzuziehen, oder er zog ihn runter. Er griff nach der helfenden Hand und... das Männlein schaffte es. Natürlich hatte auch dies Rosalie mit ihrer Kamera festgehalten.

Nun ging es weiter durch den Rest der Höhle. Philipp hatte keinen Blick mehr für das Glitzern der Gipskristalle. Ihm tat alles weh, besonders die Arme und die Knie. Er war froh, als die Führung endlich vorbei war.

Vor dem Ausgang der Höhle gab es einen Imbissstand mit Tischen und Stühlen. Man ließ sich erschöpft auf die Stühle fallen und erholte sich bei Bier und Kaffee.

Jetzt hatten alle Zeit, erst einmal Philipp genauer zu betrachten: „Mensch, siehst du lustig aus, mit deinen Schründen, Dreck und kaputten Klamotten!" fing Luise an.

Die ganze Gesellschaft witzelte nun rum und wurde immer lustiger, während Philipp immer mieser drauf war. Ihm tat schon alles weh und nun noch dies.

Als sich alle recht gut erholt hatten, war die Rede vom Heimfahren.

Rosalie zog Luise zur Seite: „Du, so nehme ich Philipp aber nicht in meinem Auto mit, das kannst du vergessen! Das Auto ist neu und eine Decke habe ich auch nicht."

Luise schmunzelte und ging zu Angela: „Sag mal, kannst du deinen etwas sehr dreckigen Bruder mitnehmen? Rosalies Auto ist neu und sie mag sich nicht die Sitze versauen lassen."

Angela sah sie an: „Habt ihr eine Decke dabei?"

Rosalie kam hinzu und schüttelte den Kopf; „Leider nein. Ich konnte ja nicht damit rechnen, dass sich Philipp auf der Erde suhlen muss, um durch eine Gipshöhle zu kommen."

Angela schmunzelte: „Wo du Recht hast, hast du Recht und ich habe auch keine Decke dabei. Aber so darf er bei mir auch nicht einsteigen, also hilft nur eins, er muss sich die Hosen ausziehen."

Luise lachte: „Das ist jetzt nicht dein Ernst oder?"

Angela sah sie an: „Doch, allerdings ist das ernst gemeint!"

„Das sagst du ihm aber selbst!" warf Rosalie ein.

Nun war Luise gespannt.

Angela ging zu Philipp; „So kannst du aber nicht ins Auto steigen. Du machst ja alles dreckig! Zieh die Hose aus."

Das trug natürlich wieder einmal zur allgemeinen Erheiterung bei. Während Philipps Zorn wuchs, setzte Luise noch einen drauf.

Grinsend meinte sie: „So, so du trägst also karierte Boxershorts, wie nett!"

Schließlich stieg Philipp ins Auto, knallte die Autotür zu und die Heimfahrt konnte beginnen. Es war sehr ruhig im Auto, es hatte heute mal wieder gereicht.

5. Kapitel

Es war Abend, als sie von Sorbas zurückkamen.

*„Was machen wir jetzt?" fragte Luise und Rosalie schlug vor:
„Schauen wir uns doch den Film vom gestrigen Grillen an!"*

*Luises Mutter wurde neugierig, denn sie hatte ja den größten Teil des
gestrigen Abends verschlafen. Auch die Anderen erhofften sich eine
spannende Unterhaltung. Sie saßen gemütlich in Irenes Wohnzimmer
beisammen, tranken ein Glas Wein und stellten sich auf einen
amüsanten Abend ein. Der Film begann, alle starrten auf den
Bildschirm. Was war denn das? Luise und Rosalie kicherten. Sie
beobachteten die Gesichter der Anderen, die immer länger wurden.
Besonders Angela war es sichtlich peinlich, was sich da abspielte.
Philipps Gesichtsfarbe wechselte von Weiß auf Rot. Innerlich baute
sich eine Wut auf, bis sie wie eine Bombe explodierte. Er schrie Joel
an, machte ihr Vorwürfe, sie schrie zurück. Es war eine sichtlich
peinliche Situation.*

Luise und Rosalie verschwanden auf ihre Terrasse.

*Angela zog Philipp auf die Seite: „Könntest du das bitte leiser und
woanders mit deiner Frau klären?!"*

*Philipp nickte, griff energisch nach der Hand von Joel und zog sie mit
sich auf Irenes Dachterrasse.*

„Wie kann man so betrunken sein und sich nicht mehr im Griff haben?!" eröffnete Philipp die Auseinandersetzung....

Rosalie und Luise saßen nebenan auf ihren Liegestühlen und rauchten eine Zigarette, als sie Philipp schreien hörten. Rosalie erschrak, drückte ihre Zigarette aus und schlich zur Mauer, die die beiden Terrassen voneinander trennte. Ganz leise holte sie sich einen Hocker und lugte über die Mauer.

Luise amüsierte sich über die Neugierde ihrer Freundin. „Neugierig bist du ja gar nicht, oder?"

Leise ließ sich Rosalie wieder runter: „Das wird doch jetzt interessant!"

Joel nebenan hatte keine wirkliche Erklärung für ihr Verhalten und so sagte sie: „Ach Phillilein...jetzt stell dich doch nicht so an, das kann jedem mal passieren."

Die beiden Freundinnen konnten alles mitanhören und schüttelten den Kopf: „Wie kann man einen erwachsenen Mann Phillilein nennen...das ist einfach unmöglich!"

Rosalie war so neugierig, dass sie wieder auf ihren Stuhl stieg und über die Mauer schielte.

Joel stand gerade auf und schmiegte sich sanft an ihren Mann: „Komm schon, das war doch nicht mit Absicht...komm, sei wieder gut!" sie kreiste mit ihren Fingern am Hosenbund.

Mit viel Charme versuchte sie ihn zu besänftigen, bis sie schließlich auf der Liege landeten.

Rosalie hielt sich die Hand vor den Mund, kletterte von ihrem Aussichtspunkt herunter und sank auf ihren Stuhl.

Sie stupste Luise an: „Ei, weißt du was die da machen?!"

Luise sah Rosalie an: „...ich denke, jetzt sollten wir verschwinden.

Rosalie lachte leise: „Ne, ne...warte noch einen Augenblick."

Die Geräusche von nebenan wurden immer lauter und intensiver.

Luise sah Rosalie fragend an.

„Jetzt pass auf!" sagte Rosalie, stieg wieder auf den Hocker und schaute über die Mauer.

Sie räusperte sich laut: „Hey ihr Zwei! Habt ihr kein Bett dafür? Hier können die Nachbarn mithören, denn hier grenzen zwei Terrassen an!"

Plötzlich erschienen langsam von der gegenüberliegenden Terrasse zwei Köpfe. Es waren die Nachbarn, die grinsend über die Mauer sahen.

Philipp und Joel waren so erschrocken, dass sie einen hochroten Kopf bekamen. Sie sprangen auf. Philipp zog seinen Reißverschluss von der Hose hoch und Joel ließ ihren Rock wieder runter.

Fluchtartig verließen sie die Terrasse.

Jetzt konnten sich Rosalie und Luise vor Lachen nicht mehr halten und die Nachbarn stimmten mit ein.

Spät in der Nacht gingen sie dann schlafen.

Luise konnte nicht sehr gut schlafen, da es in den Nächten immer noch sehr heiß war. So stand sie um sechs Uhr in der Früh auf und ging schwimmen. Als sie am Pool ankam war sie verwundert. Philipp war dort und schwamm seine Bahnen. Wortlos hüpfte Luise ins Wasser, als Philipp auf sie zu schwamm.

„Lass uns reden Luise!"

Luise jedoch ignorierte ihn und tauchte unter.

Als sie aus dem Wasser kam, ging Philipp nochmals auf sie zu: „Luise, verdammt nochmal lass uns reden!?"

Luise drehte sich zu ihm um: „Worüber willst du noch reden? Fakt ist, du hast mich belogen! Ich weiß bis heute nicht warum? … Nun dringst du auch noch in mein Privatleben ein und auf einmal willst du mit mir reden? Ich hoffe für dich, dass du dann eine plausible Erklärung hast. Ansonsten verschwinde endlich aus meinem Leben."

Angela näherte sich dem Pool und hörte erschrocken zu: „Guten Morgen…"

Luise sah sie an: „Was soll an diesem Morgen gut sein?" drehte sich um und ging ins Haus.

Angela sah fragend ihren Bruder an, doch der schüttelte nur den Kopf, zog sich wortlos an und verschwand ebenfalls.

Beim Frühstück eröffnete Irene allen, dass sie heute Besuch von ihrer spanischen Freundin Mariela und ihren Söhnen Julio und Stefano bekommen würde.

„Am Abend haben wir vor, an die Playa zu gehen. Wer will, kann mitgehen."

Luise wollte zunächst einmal mit ihrem Sohn und Rosalie an den Strand gehen.

Irene hatte noch einiges vorzubereiten für den Nachmittagskaffee und freute sich, dass ihr Angela half. So hatte sie ihre Freundin mal ein paar Stunden für sich. Der Rest der Gesellschaft tummelte sich am Swimmingpool.

Pünktlich zur Kaffeezeit erschien Mariella mit ihren Söhnen. Irene hatte am Morgen angekündigt, dass es selbstgebackenen frischen Erdbeerkuchen gibt. Den wollte sich niemand entgehen lassen, außer Philipp. Der wollte einfach allein sein um nachzudenken und so blieb er am Pool.

Am Kaffeetisch herrschte eine fröhliche Stimmung. Alles redete durcheinander. Joel saß neben Julio. Sie kannten sich erst ein paar Minuten und hatten sich so viel zu sagen. Joel war von Julio fasziniert und auch sie war ihm nicht gleichgültig und so kam es, dass er sie zu einem Bummel durch Garrucha einlud.

Der Abend kam, Joel stand vor ihrem Kleiderschrank und überlegte, welches Kleid ihr am besten stand. Sie wollte an diesem Abend besonders gut aussehen. Das kleine Grüne ist das richtige, dachte sie und verschwand ins Bad.

Pünktlich um neunzehn Uhr klopfte Julio an die Tür von Joel. Sie öffnete und er war inspiriert von ihr: „Du siehst bezaubernd aus!" staunte er und sie starteten ihren Bummel.

Philipp kam vom Pool zurück und ging in sein Zimmer, um sich umzuziehen: „Wo ist Joel?" fragte er Luise, die er auf dem Flur traf.

Luise zuckte mit den Schultern: „Keine Ahnung, bin auch gerade erst gekommen."

Angela kam in diesem Augenblick dazu. Sie sah Philipp nachdenklich an und sagte: „Sie ist mit Julio mitgefahren, er zeigt ihr Garrucha! Wir treffen uns später an der Playa."

Oha, dachte sich Luise.

Philipp verzog das Gesicht: „Ah ja…" murmelte er vor sich hin.

Luise und Angela verschwanden in ihre Zimmer.

Es war zwanzig Uhr, als alle ausgehbereit waren und so schlenderte man gemeinsam am Meer entlang. Der Abend war mild, die Bars gefüllt und die Stände hatten Hochbetrieb.

Luise stöberte an einem Stand nach Ketten. Sie liebte Ketten, die mit Lederbändern waren. Schließlich kaufte sie ein Lederhalsband mit einem silberblauen Delphin. Rosalie war begeistert vom Schuhstand und sie probierte einen Schuh nach dem anderen. Da entdeckte Angela noch einen großen freien Tisch vor einem Lokal, den sie sofort beschlagnahmte. Nach und nach trudelten alle ein, nur Joel und Julio fehlten noch.

Philipp wurde unruhig und als alle bestellten, meinte er: „Ich warte noch bis meine Frau kommt."

Rosalie beugte sich zu Luise vor und fragte leise: „Was hat er denn?"

„Seine Frau ist mit Julio unterwegs, aber das geht uns nichts an, da halten wir uns schön brav raus", antwortete Luise leise.

Als wenn das das Stichwort gewesen wäre, erschienen gerade Joel und Julio. Philipp schaute den Beiden mit bösen Blicken entgegen. Joel tat so, als merke sie nichts, setzte sich zu Philipp und gab ihm einen Kuss.

Dann sah sie in die Runde: „Habt ihr schon bestellt?"

Alle nickten bis auf Philipp: „Ich habe noch nicht bestellt, ich wollte damit warten bist du kommst."

„Lieb von dir, aber das hättest du nicht tun müssen!"

Sie drehte sich zu Julio um und fragte: „Was bestellst du?"

Julio lächelte verschmitzt und mit seinem spanischen Charme sagte er: „Un grande cerveza!"

Sie lachte: „Gut das nehme ich auch!"

Die Stimmung am Tisch fror ein. Es war offensichtlich, dass es zwischen Joel und Julio knisterte. Philipp schaute immer düsterer drein. Luise merkte, dass ein Gewitter aufzog und hielt sich diesmal zurück. Sie wollte nicht da hineingezogen werden. Rosalie dagegen nahm es mal wieder gelassen.

Irene wollte Philipp ablenken und fragte ihn höflich: „Was möchtest du denn trinken?"

„Eine Coca-Cola", antwortete er kurz.

Der Kellner kam, Julio bestellte für sich und Joel ein Bier.

Nun wollte Philipp seiner Frau zeigen, dass auch er seine Bestellung auf spanisch vorbringen kann und meinte sehr selbstbewusst: „Una Cola grande, por favor!"

Luise trank gerade ihr Wasser, als er bestellte...es blieb ihr im Hals stecken und suchte sich den Weg durch die Nase, so erschrocken war sie. Sie riss ihre Augen auf und sah ihn fassungslos an!

Erschrocken und entsetzt sahen alle auf Philipp.

Der Kellner stutzte, aber nur wenige Sekunden, dann antwortete er schlagfertig: „Ich bin nicht schwul, mein Herr!" und ging von dannen.

Alle fingen laut an zu lachen, bis Tränen in die Augen traten.

Philipp war völlig durcheinander. „Was habe ich denn falsch gemacht?" wollte er wissen.

Luise grinste frech, hob ihren Arm und mit geschwellter Brust stieß sie die Worte hinaus: "Einen großen Schwanz bitte!"

Wieder lachte alles und Rosalie meinte: „Du musst wohl auch in jedes Fettnäpfchen treten, was auf deinem Wege steht" und Luise klopfte ihm auf die Schulter: „Eins steht jedenfalls fest, mit dir wird es nie langweilig."

Für Philipp war der Abend gelaufen. Ihm war die ganze Angelegenheit recht peinlich. Außerdem war es schon recht spät und so beschlossen alle, langsam nach Hause zu schlendern.

6. Kapitel

Die Sonnenstrahlen drangen in Luises Schlafzimmer, doch lauter Krach auf der Straße weckte sie.

Immer wieder klang es laut: „Joella! Joella!"

Neugierig vom Krach gestört stand Luise auf, zog sich ein T-Shirt über und ging auf ihren Balkon. Sie beobachtete die Scene auf der Straße. Da stand Julio mit seinem Motorrad und einer roten Rose in der Hand. Er schrie immer wieder nach Joel. Luise verschränkte die Arme und legte nachdenklich die Zeigefinger auf ihren Mund.

Rosalie stürzte in Luises Schlafzimmer: „Luise, hast du das gesehen?"

„Das ist ja wohl nicht zu überhören!"

Anschließend sah sie wieder auf die Straße als Julio wieder schrie: „Joella, ich warte auf dich!"

Rosalie stellte sich zu Luise: „Was denkst du? Wird sie zu ihm runter gehen?"

Nachdenklich sah Luise auf Julio: „Naja, er ist bereit für seine Liebe zu kämpfen. Aber Joel ist verheiratet, sie würde ihrem Mann damit demütigen. Sie setzt ihm damit Hörner auf!"

„Luise! Er kämpft um seine Liebe! Da ist der heilige Bund der Ehe scheiß egal!" rief Rosalie entsetzt.

„Versteh mich nicht falsch ich würde auch kämpfen! Wenn ich eine Chance sehen würde!"

„Aber…" hakte Rosalie nach.

„Nicht so öffentlich! Damit stellt sie ihren Mann bloß dar!"

Rosalie haute Luise leicht auf den Arm: „Ach komm, das sagst du auch nur weil du Philipp immer noch liebst!"

Ernst sah Luise sie an: „Ja ich liebe ihn immer noch, das ist richtig und ja ich habe nie aufgehört ihn zu lieben! Aber das hier, ist der falsche Weg! Auf diese Art und Weise beendet man keine Beziehung und schon gar keine Ehe!"

Wieder rammte Rosalie Luise: „Da!" sie zeigte mit dem Finger auf die Straße.

Joel kam aus dem Haus und rannte Julio in die Arme.

Nachdenklich sah Luise nach unten auf Joel: „Oh mein Gott! Das ist echt peinlich..." murmelte sie.

Joel zog den Helm auf und setzte sich auf das Motorrad von Julio, gemeinsam fuhren sie davon.

Rosalie grinste: „Wieso denn? Ich finde das Klasse. Sei mal ehrlich, Philipp ist stocksteif und Joel ist flippig...ich finde das Affengeil!"

Luise klopfte Rosalie auf die Schultern: „Man, man, man...die Ferien sind wirklich alles andere als langweilig! Rosalie tu mir nur einen Gefallen!"

„Welchen?"

„Sag beim Frühstück kein Wort! Wir tun so als hätten wir es nicht mitbekommen!"

Plötzlich stand Markus, Luises Sohn in der Tür: „Was haben wir nicht mitbekommen?"

„Nichts!" sagte Luise.

Doch Rosalie konnte einfach nicht innehalten und so purzelte es über ihre Lippen: „Das Philipp seine Frau gerade mit Julio durchgebrannt ist!"

Luise gab Rosalie einen Stoß in die Rippen.

Markus sah verdutzt auf die Frauen: „Weiber!" sagte er, drehte sich um und ging ins Bad. Sprachlos sahen die Frauen Markus hinterher.

Luise schrie hinterher: „Markus kein Wort am Frühstückstisch!"

Er winkte mit der Hand und ließ die Badtür zufallen. Anschließend ging Luise ins Bad, sie war sehr nachdenklich geworden. Es war eine wirkliche Scheiß Situation und sie wollte mit alle dem nichts zu tun haben. Als sie sich angezogen hatte, standen Rosalie und Markus schon fertig vor der Tür. Luise sah nach oben auf die Dachterrasse von ihrer Mutter, wo schon ein reges Treiben herrschte.

Sie sah Rosalie an: „Geht ihr schon hoch zum Frühstücken, ich gehe noch vorher eine Runde schwimmen."

Luise hob den Finger: „Rosalie kein Wort klar!"

Sie nickte und ging mit Markus vor zum Frühstück. Alle saßen bereits am Tisch als Luise vom Schwimmen zurückkehrte nur Joel fehlte. Es wurde Trübsal geblasen, keiner redete ein Wort.

Luise zog ihren Stuhl vom Tisch vor: „Guten Morgen zusammen!"

Müde klang es zurück: „Morgen!"

Luise sah ihre Mum an: „Was ist los? Seid ihr zu spät ins Bett gegangen?"

Ihre Mum atmete tief durch: „Nein…"

Luise merkte schon, dass die Stimmung im Keller war. So griff sie wortlos nach einem Brötchen und frühstückte.

Es verging eine Zeit, doch dann löste Angela den Knoten: „Ach Mensch, das kann doch so nicht weiter gehen! Wir können uns doch nicht den Urlaub verderben lassen, nur wegen deiner Frau! Vielleicht wendet sich ja auch alles wieder zum Guten!?" schließlich sah sie ihren Bruder an.

Philipp nickte: „Ja vielleicht! Aber du hast Recht, den Urlaub lassen wir uns nicht verderben."

Rosalie verfolgte mit Spannung das Gespräch. Luise zog ihre Sonnenbrille auf ihre Nase und beobachtete alle, sagte aber kein Wort dazu.

„Gut!" sagte Angela und sah Irene an „Was machen wir heute?"

Markus stand auf und sah seine Mum an: „Mum, ich habe heute keine Zeit! Ich habe eine Verabredung mit Lisa!"

Luise drehte sich zu ihrem Sohn um, nahm die Brille etwas runter und sah über die Gläser: „Lisa??? Wer ist Lisa?"

Markus wurde rot und so manch Einer schmunzelte am Tisch.

„Egal, ich bin jedenfalls verabredet!" sagte er mit einem roten Kopf und verschwand.

Luise schrie ihm hinterher: „Ist schon recht, meinen Segen hast du!"

Schließlich wendete sich Luise wieder dem Tisch zu und Angela wiederholte ihre Frage.

Irene sah sie an: „Wozu hättet ihr Lust? Wir könnten nach Granada fahren und dort die Alhambra besuchen?"

Luise winkte ab: „Also ich bleibe heute hier und genieße mal den Pool! Vielleicht gehe ich später noch ans Meer und einkaufen muss ich auch noch."

Rosalie atmete auf: „Ja ich möchte heute auch mal hierbleiben und die Ruhe genießen."

Nun richteten sich alle Augen auf Philipp.

Er sah alle an: „Also ehrlich gesagt würde ich heute auch gerne hierbleiben."

„Gut!" sagte Angela „dann fahren wir heute in die Alhambra."

Irene und Rüdiger machten sich fertig und gemeinsam fuhren sie mit Angela und Heinz nach Granada. Luise jedoch zog sich in den Badeanzug um, schnappte sich ein Handtuch und ihr Buch. Anschließend ging sie mit Rosalie zum Pool. Die Mädels legten sich auf die Liege und entspannten.

Rosalie suchte mit Luise das Gespräch: „Mal ehrlich, glaubst du das Joel wiederkommt?"

„Vielleicht…vielleicht sucht sie ja nur einen Urlaubsflirt, ein Abenteuer…was weiß ich und ehrlich gesagt es interessiert mich nicht," antwortete Luise genervt.

Doch Rosalie gab keine Ruhe: „Denkst du er wird sie zurücknehmen?"

„Boah Rosalie! Wenn er sie will dann ja, wenn er sie nicht will dann nein! Keine Ahnung und es ist mir auch egal!" antwortete sie nun energisch.

„Könntest du es?" hakte Rosalie nach.

Nun war Luise genervt, sie stützte sich auf ihren Ellenbogen und sah zu Rosalie rüber: „Wer wirklich liebt, verzeiht auch!"

„Aber, wenn nur Einer wirklich liebt?"

Luise wurde nachdenklich: „Tja…gute Frage…"

Schließlich lehnte sie sich wieder zurück und entspannte.

Es dauerte keine fünf Minuten dann sagte Rosalie: „Feind nähert sich!"

Luise hob ihren Kopf und sah in Rosalies Richtung, sie stöhnte: „Nein bitte nicht der schon wieder! Langsam glaube ich, es wird nichts mit meinen ruhigen Tag."

Philipp näherte sich den zwei Frauen, schließlich sah er auf Luise runter: „Darf ich?" und deutete auf die Liege neben ihr.

„Bitte", antwortete sie und verstummte wieder.

Es waren mal fünf Minuten Ruhe bis Rosalie aufstand und ins Wasser sprang.

Philipp suchte das Gespräch mit Luise: „Können wir reden?"

Luise stützte sich wieder völlig genervt auf ihren Ellenbogen: „Was willst du noch mit mir reden? Früher hast du mir nicht einmal die Chance dafür gegeben! Du müsstest mir so viel erklären und hast du dazu Lust?"… kurze Stille…ihre Stimme wurde sanfter… „Siehst du, das meine ich! Außerdem denke ich, es würde deinen Standpunkt nicht ändern, also ergibt das keinen Sinn!"

Luise stand auf und sprang ins Wasser. Sie brauchte nun eine Erfrischung, sie wollte ihre Gedanken und ihre Gefühle neu ordnen.

Doch Philipp ließ nicht locker und sprang ihr hinterher: „Gib mir bitte Zeit um es dir zu erklären! Ich werde es dir sicher erklären!"

Luise sah ihn fragend an und musste grinsen: „Noch mehr Zeit als wie über ein Jahrzehnt?? Ich glaube du findest nie den richtigen Zeitpunkt. Aber was soll es…spielt jetzt auch keine Rolle mehr!" Schließlich tauchte sie unter und schwamm ihre Bahnen.

Philipp ging wieder auf die Liege zurück.

Als Luise aus dem Wasser kam stellte sie sich vor Rosalie und Philipp: „Wie sieht es aus habt ihr Hunger?"

„Ja!" antwortete Rosalie.

„Gut dann sollten wir einkaufen gehen! Fahren wir in die Markthalle, dort können wir uns hinsetzen und auch essen."

Rosalie und Philipp nickten.

„Gut, ich gehe schon mal vor und zieh mich um", sagte Rosalie und verschwand.

Luise trocknete sich noch ab und gemeinsam ging sie mit Philipp nach Hause. Als sie unten an der Treppe ankamen stand Rosalie ganz aufgeregt auf der Treppe zu Luises Dachterrasse. Wortlos fuchtelte sie mit ihren Händen rum und deutete immer wieder auf Irenes Terrasse. Luise verstand kein Wort und blieb wie angewurzelt unten stehen. Philipp jedoch verstand und raste förmlich die Treppen rauf auf die Terrasse. Er bekam einen hochroten Kopf und Wut stieg in ihm auf. Langsam ging Luise zu Rosalie nach oben, doch was sie da zu sehen bekam verschlug ihr die Sprache. Joel lag mit Julio auf der Liege eng umschlungen. Sie war so in Ekstase, dass sie Philipp, ihren Mann nicht bemerkte. Philipp packte Julio und zog ihn von seiner Frau runter. Luise und Rosalie waren so erschrocken das sie schockiert ihre Hände vor den Mund hielten. Philipp packte die Jacke von Julio und schmiss sie über die Dächer. Schließlich zeigte er ihm streng mit dem Finger, den Weg zum Ausgang. Julio wurde kreide bleich im Gesicht. Erschrocken sammelte er seine Jacke ein und flüchtete die Treppe runter. Rosalie fing leise an zu lachen, doch Luise erstarrte zu einer Salzsäule und sah mit traurigem Blick auf Philipp. Er sah kurz auf Luise die immer noch starr da stand, dann wandte er seinen Blick auf Joel. Die zusammengekauert vor Panik auf der Liege lag. Er zog sie hoch und drückte sie heftig nach unten in die Wohnung von Irene. Lautes Geschrei ertönte über die Dächer von Las Buganvillas. Sie stritten Stunden. Luise holte sich nervös ihre Zigaretten und qualmte eine auf ihrer Dachterrasse.

Rosalie gesellte sich zu ihr: „Ich denke wir sollten allein zum Einkaufen fahren."

Luise nickte, gemeinsam stiegen sie ins Auto ein und fuhren in die Markthalle. Luise war fertig mit den Nerven, eigentlich betraf es sie nicht und doch berührte sie es.

7. Kapitel

Luise setzte sich genervt von diesem Ehestreit und verschwitzt von der Sonne auf einen Stuhl, in der Markthalle.

Rosalie schmunzelte immer noch: „Das war ja echt geil wie Julio fluchtartig die Terrasse verlassen hatte.“

„Ja...aber ich glaube nicht das das schon alles war.“

Rosalie sah auf Luise und setzte sich zu ihr: „Wie meinst du das? Denkst du er traut sich nochmal zu Joel?“

„Ich befürchte es fast! Luise atmete tief durch „Was für ein Chaos!“

„Hahaha, wäre doch geil! Die drei Vollpfosten liefern uns das beste Kinoprogramm!“ antwortete Rosalie.

„Oh man Rosalie! Du hast richtig Spaß mit denen was?“ stellte Luise fest.

Rosalie stand auf und nickte: „Allerdings! So, was möchtest du trinken?“

Luise stand auch auf: „Ich hole uns erst mal eine Paella, bringst du mir bitte ein Spezi mit?"

Rosalie nickte und Luise holte das Essen. Danach setzten sich die Frauen an den Tisch und genossen es in Ruhe essen zu dürfen. Doch der nächste Stress nahte. Kaum hatte Luise ihre Gabel auf den leeren Teller gelegt sah sie am Eingang der Markthalle Philipp mit Joel.

„Oh mein Gott! Was soll das denn nun werden?" sagte Luise geschockt.

„Was? Was meinst du?" fragte Rosalie neugierig nach.

Luise zeigte mit dem Finger auf den Eingang: „Na da!"

„Na jetzt bin ich mal gespannt, wollen die jetzt ein auf glückliche Ehe spielen?"

Luise lehnte sich zurück und sah eine Lawine auf sich zukommen.

Philipp trat an den Tisch: „Dürfen wir?"

„Aber sicher…" antwortete Rosalie zynisch.

Etwas unsanft schubste er Joel die kein Wort sagte in den Stuhl. Luise sah ihn an sie merkte, dass er sich gedemütigt fühlte.

Philipp sah Joel mit einem strengen Blick an: „Ich hole uns was zu Essen."

Kleinlaut äußerte sie: „Ich möchte nichts, danke!"

Er beugte sich runter zu ihr: „Wenn ich sage ich hole uns was zu essen, dann hole ich uns auch was!"

Luise erkannte Philipp nicht wieder!

Sie griff ins Geschehen ein: „Sag mal spinnst du! Wenn sie sagt sie will nichts dann ist das so!"

Philipp stellte sich vor Luise hin: „Du hältst dich da raus! Du hast schon genug zerstört!"

Nun wurde Luise sauer und auch ihr Ton wurde kräftiger: „Ich glaube du hast sie nicht alle! Meinst du, du kannst hier alle bevormunden? Und für deine Ehe kann ich weiß Gott nichts!"

Joel stand auf: „Es reicht Philipp! Ich werde dich verlassen! ...und daran trägst du allein die Schuld und sonst niemand!"

Luise schwieg und sah erschrocken auf Joel, auch Rosalie riss ihre Augen auf und starrte auf das Geschehen.

Philipp wurde still, Joel griff nach ihrem Handy und rief Julio an. Er holte sie kurze Zeit später ab. Rosalie war das erste Mal still, sie war entsetzt über die Geschehnisse.

Luise stand auf und sagte zu Rosalie: „Komm wir gehen über den Markt!"

Fragend sah sie auf Luise: „Und er?"

„Der hat den Weg hier her gefunden dann wird er ihn auch zurückfinden!" antwortete sie sauer.

Luise und Rosalie verließen die Markthalle um über den anschließenden Markt drüber zu schlendern. Doch Philipp ließ nicht locker und rannte den zwei Frauen hinterher. Er packte Luise von hinten am Hals und riss ihr das Lederhalsband mit den Delphinen runter.

Sie drehte sich um: „Philipp! Wenn du nicht aufhörst knall ich dir eine"...sie hob drohend den Finger „Lass es nicht so weit kommen!"

Schließlich drehte sie sich um und wollte weiter gehen, doch Philipp wollte sie aufhalten und hielt sich nun an ihrem T-Shirt fest. Er zog so fest an, dass es zerrissen wurde. Luise stand nun mit freiem Rücken zu ihm. Rosalie ging zwischen die Zwei bevor die Situation eskalierte. Entsetzt von sich selbst sah er Luise an. Sie kaufte sich auf die schnelle ein T-Shirt von dem Stand der neben ihr war und zog es an.

Schließlich ging Luise weiter, fragend sah Rosalie sie an: „Willst du ihn dastehen lassen?"

„Allerdings! Der spinnt wohl, ich habe ihm nichts getan! Er zerstört mein Halsband und mein T-Shirt!" Sauer ging sie weiter.

„Ja aber nur weil er so gedemütigt worden ist. Momentan ist es ein verloren gegangenes Schaf, " erklärte ihr Rosalie.

„Mir egal Rosalie! Er darf dafür nicht andere Menschen verantwortlich machen und schon gar nicht mich! Vor allem steht bei mir Don't touch me! Ich will jetzt nach Hause!" sagte Luise verärgert.

Luise und Rosalie stiegen ins Auto und fuhren wieder nach Hause. Als sie zu Hause waren setzte sich Luise mit Rosalie auf die Dachterrasse. Luise war so genervt das sie irgendwann einschlief.

Mitten in der Nacht weckte sie Markus: „Mum?"

*Langsam öffnete Luise ihre Augen: „Wow, wie spät haben wir es?"
fragte sie ihren Sohn.*

Markus schmunzelte: „Ein Uhr nachts!"

„Oh mein Gott! Wieso bist du noch auf?"

„Ich war bei Oma, wir haben Canasta gespielt!"

*Luise setzte sich in die Senkrechte und fuhr sich mit den Händen durch
das Gesicht.*

*Schließlich sah Markus sie an: „Oma schickt mich, sie möchte das du
zu ihr rüberkommst."*

„Was jetzt?" fragte Luise.

„Ja, weil Philipp nicht da ist!"

„Uff, den habe ich ja ganz vergessen. Wo ist Rosalie?"

*„Sie sitzt drüben am Tisch von Oma! Sie hat uns schon alles erzählt.
Ich geh jetzt ins Bett! " sagte Markus und verschwand ins Haus.*

Langsam erhob sich Luise und ging Barfuß zu ihrer Mum. Kritisch sah Luise Rosalie an und hoffte innerlich, dass sie nicht alles ausgeplaudert hatte.

Verschlafen sah Luise in die Runde: „Okay da bin ich was gibt es?"

Angela sah sie an: „Also erst mal vorweg, ich wollte dir nur sagen das du nichts dafürkannst! Es tut mir leid das Philipp dir so viel Sorgen gemacht hat. Aber er ist leider nicht nach Hause gekommen. Könnten wir ihn alle suchen gehen? Ich mach mir große Sorgen."

Luise war zwar nicht begeistert aber sie nickte: „Gut ich hole mein Handy und mein Sweatshirt."

Gemeinsam teilten sie sich auf. Angela ging mit ihrem Manne die Playa runter. Irene und Rüdiger gingen in Richtung Mojakar. Rosalie und Luise gingen den Strand entlang. Nach stunden langer Suche fand Luise ihn am Strand.

„Rosalie hier!" schrie sie.

Luise schmunzelte: „Deine Kamera hast du nicht zufällig dabei oder?"

Rosalie lachte als sie Philipp sah: „Leider nein!"

Luise holte ihr Handy raus und machte ein paar Fotos von ihm. Er war bis auf die Unterhose entkleidet, mit zwei Wodkaflaschen im Arm kuschelte er im Sand.

Rosalie schmunzelte: „Sag mal wie bekommen wir den hier weg?"

„Ich denke wir sollten ihn stützen! Vor allem wird es hell, wir sollten uns beeilen!"

„Ja wo sind denn seine Klamotten?" fragte Rosalie.

„Ich habe keine Ahnung, aber schau mal dahinten in den Dünen."

Die Frauen suchten seine Klamotten zusammen. Schließlich versuchten sie ihn hoch zu heben, aber Philipp war nun nicht gerade ein kleiner Mann. Er hatte schon eine sehr sportliche Figur, doch er war sehr lang. Luise kam ins Schwitzen und Rosalie lachte sich tot. Kräftig packten die Frauen ihn an und versuchten ihn zu stützen, doch mitten auf den Weg nach Hause rutschte seine Unterhose.

Wieder fing Rosalie an zu lachen: „Vorsicht seine Unterhose rutscht!"

Luise schrie: „Ja verdammt nochmal dann zieh sie ihm hoch!"

Rosalie versuchte ihre Hand zu seinen Unterhosenbund zu führen doch dann zog sie ihre Hand wieder weg und schrie: „Nein, ihhh ich kann das nicht!"

„Ey stell dich jetzt nicht so an und zieh das Ding hoch!"

„Das Ding????" fragte Rosalie.

Nun ging Luise die Puste aus und sie mussten stoppen. Luise setzte ihn kurz ab. Seine Unterhose war zur Hälfte runtergerutscht.

Rosalie kam aus dem Lachen nicht mehr raus: „Sollten wir nicht besser Hilfe holen?"

„Nein! Los weiter! Das dauert zu lang!"

Rosalie packte wieder mit an: „Ja und seine Unterhose?"

Luise legte seinen Arm um ihre Schultern. Philipp hing auf halb acht und bekam von alle dem nichts mit, so einen Rausch hatte er.

Luise hielt ihn verzweifelt fest: „Los zieh ihm nun die Hose hoch!"

Rosalie lachte immer noch: „Nein! Ich kann das nicht."

„Oh man Rosalie! Dann halt du ihn und ich zieh das Ding hoch, " sagte Luise sauer.

Sie ließ ihn los und das ganze Gewicht von ihm, lag nun auf Rosalie. Luise packte seine Unterhose und zog sie hoch. Doch Rosalie musste so viel lachen das sie mit Philipp umfiel. Da lagen sie nun, Rosalie unten und Philipp in Unterhose oben drauf. Luise schmunzelte, sie zog ihr Handy aus der Hosentasche und fotografierte. Schließlich versuchten sich die zwei Frauen zusammen zu reißen und schleppten ihn Heim. Angela und Irene waren schon zu Hause als Luise und Rosalie mit ihm kamen. Rüdiger und Heinz packten mit an und brachten ihn ins Bett.

Völlig verschwitzt und k.o. ließ sich Luise am Tisch auf der Dachterrasse nieder.

Sie übergab Angela die Klamotten: „Das kannst du deinem Bruder sagen, ich habe was Gut bei ihm! Der Typ ist echt der Hammer!"

Rosalie lachte immer noch: „Ey was für ein geiler Tag!"

Es war schon sechs Uhr morgens und Irene kam mit Kaffee auf die Terrasse. Luise trank noch eine Tasse Kaffee und verschwand dann in ihr wohlverdientes Bett.

8. Kapitel

Am Nachmittag weckte Markus seine Mum: „Aufstehen!" schrie er.

Total verwirrt sah Luise ihn an: „Oh je, ...was ist los?"

Er musste lachen: „Es ist vierzehn Uhr, möchtest du den ganzen Tag schlafen?"

„Nein, natürlich nicht!"

Luise stand auf und verschwand ins Bad.

Als sie fertig war machte sie sich einen Kaffee bei sich und ging damit auf ihre Dachterrasse. Sie setzte sich auf einen Stuhl und lehnte sich zurück. Sie ließ den gestrigen Tag und die letzte Nacht Revue passieren. Was für ein chaotischer Urlaub dachte sie. Nachdem sie wach war riskierte sie einen Blick auf die Terrasse ihrer Mutter, da saßen Angela und ihre Mum.

Aber ihre Mum entdeckte sie: „Luise möchtest du dich zu uns setzen?"

Luise verneinte diese Frage und sah nach ihrem Sohn, der sich mit den Mädels im Pool aufhielt.

Schließlich beugte sie sich zu ihm runter: „Wo ist Rosalie?"

„Sie ist einkaufen gefahren!" antwortete Markus.

Luise setzte sich mit an den Pool und hing ihre Füße ins Wasser. Gegen halb fünf kam Rosalie vom Einkaufen zurück und verstaute die Lebensmittel. Anschließend ging sie zu Irene auf die Terrasse und setzte sich dazu.

„Möchtest du auch einen Kaffee?" fragte Irene höfflich.

„Gerne", antwortete Rosalie.

Angela sah Rosalie an und es brannte ihr auf der Zunge: „Sag mal weißt du was zwischen Luise und Philipp ist? Die Zwei verhalten sich schon sehr seltsam miteinander."

Rosalie schmunzelte: „Ja, ich weiß was da zwischen den Zweien ist! Aber nein, ich werde es hier nicht erläutern. Da fragst du sie besser selber."

„Kennen die sich schon länger?" fragte Angela neugierig nach.

„Länger? Ich würde mal sagen sie kennen sich über ein Jahrzehnt."

Angela und Irene sahen sich an und gleichzeitig kam es aus ihrem Mund: „Über ein Jahrzehnt??!!"

„Ja über ein Jahrzehnt!" schließlich stand sie auf und ging zu Luise an den Pool.

Mit einem schwer verkaterten Kopf kam Philipp die Treppe zu Irene hoch. Er sah die zwei Frauen allein am Tisch und er wusste, nun war er ihnen hilflos ausgeliefert. Langsam und wortlos setzte er sich auf den Stuhl neben seiner Schwester.

„Wie wäre es mit einem freundlichen hallo?" sagte Angela streng.

„Uff, ja hallo…geht es ein wenig leiser…nur ein wenig?" antwortete er.

Doch Angela hatte kein Mitleid mit ihm: „Sag mal was hast du mit Luise gemacht? Woher kennst du sie?"

Philipp wusste seine Schwester würde nicht lockerlassen: „Ich kenn sie eben! Ja ich habe mich gestern mit ihr gestritten! Muss ich dir jetzt eine Rechenschaft ablegen?"

„Nein sicher nicht, aber ich möchte das du dich bei ihr entschuldigst! Sie hat dich mit Rosalie heute Morgen schließlich in deiner Unterhose vom Strand heim geschleppt!" sagte Angela streng und direkt.

Nun bekam er einen roten Kopf und leise sagte er: „Ist gut mach ich."

Der Himmel zog sich über Las Buganvillas zu. Luise zog sich mit Markus und Rosalie zurück in ihr Haus. Ein schweres Gewitter zog auf und tobte über Garrucha.

Philipp stand auf und sah seine Schwester an: „Ich geh jetzt zu Luise und entschuldige mich."

Sie nickte und sah ihm hinterher.

Kaum war er bei Luise im Haus verschwunden zog Angela Irene am Arm: „Los wir spielen jetzt mal Mäuschen!"

Philipp stand im Wohnzimmer und sah Luise an: „Hallo, darf ich dich mal kurz sprechen?"

Verwundert sah Luise ihn an und ging mit ihm in ihr Zimmer: „Bitte, was möchtest du?" fragte sie und schloss die Tür.

In der Zwischenzeit liefen die Frauen eilig zu Luise rein. Sie huschten an Rosalie die auf der Couch saß vorbei und legten ihre Ohren an die Schlafzimmertür von Luise an. Rosalie war nun auch neugierig und ging den zwei Frauen hinterher.

Philipp sah immer noch Luise an: „Es tut mir wirklich leid wegen gestern. Ich wollte dir nicht die Schuld geben. Nur die Emotionen waren so durcheinander gewürfelt das ich mich nicht mehr im Griff hatte. Danke auch für das, dass du mich nach Hause gebracht hast."

„Ja gern geschehen," antwortete Luise kalt.

Schließlich drehte sich Philipp um und öffnete die Tür, doch damit hatten Angela und Irene nicht gerechnet. Schwungvoll flog Angela auf den Boden vor die Füße von ihrem Bruder. Irene segelte hinterher und versuchte sich irgendwo abzufangen, was war da passender als wie seine Hose?

Erschrocken stand Luise hinter Philipp und langsam blickte sie hinter seinem Rücken vor: „Mum?? Was machst du im Schritt von Philipp mit deinen fünfundsiebzig Jahren?" Luise legte eine kurze Pause ein, doch dann schrie sie: „Rosalie POPCORN!"

Rosalie hatte ja schon die zwei Frauen beobachtet, doch was sie dann sah überschlug jegliche Vorstellungskraft. Angela lag geplättet am Boden und Irene saß knieend auf ihr und versuchte das Gleichgewicht zu halten in dem sie sich verkrampft an der Hose von Philipp festhielt.

Es zerriss Rosalie förmlich in der Luft, so einen Lachanfall bekam sie und unter Tränen sagte sie: „Das ist besser wie jegliches Kino!"

Angela und Irene bekamen einen roten Kopf. Höfflich half Philipp den zwei Frauen auf die Beine. Verlegen entschuldigten sie sich bei ihm. Doch Philipp nahm es cool und verließ das Haus. Angela und Irene flüchteten bevor unangenehme Fragen von Luise auf sie zukamen. Doch die Nacht brach herein und Luise beschloss mit Markus und Rosalie mal pünktlich ins Bett zu gehen.

9. Kapitel

Das Wetter war sehr kühl und durchwachsen, als Luise ihre Augen öffnete. Die weißen Vorhänge vor dem Fenster wedelten hin und her. Luise streckte sich und schlug ihre Decke zurück. Langsam stand sie auf und tapste ins Bad. In der Zwischenzeit sind Markus und Rosalie auch aufgestanden. Sie hockten etwas verschlafen auf der Couch im Wohnzimmer, als Luise frisch aus dem Bad kam.

Luise sah sie an: „Was ist mit euch los? Na hopp, auf, auf ins Bad, ihr müden Murmeltiere."

Markus stand auf und verschwand im Bad.

Doch Rosalie stöhnte: „Ohhh, wie kann man schon so munter in der Früh sein?!"

„Der frühe Vogel fängt den Wurm!"

Rosalie ließ sich wieder in die Liegestellung fallen: „Boah...nee!"

„Gut, ich geh schon vor zum Frühstücken", sagte Luise und verschwand durch die Tür.

Fröhlich pfeifend ging sie die Treppen hoch zur Terrasse ihrer Mutter. Alle saßen schon am Tisch.

„Guten Morgen", sagte sie freundlich.

„Guten Morgen" klang es zurück.

„Was bist du denn heute schon so fröhlich?" fragte ihre Mutter.

„Ich bin immer fröhlich! Wie sieht es aus habt ihr heute schon was geplant?"

Angela und Irene schüttelten den Kopf.

„Wie sieht es aus, wollt ihr heute mitfahren nach Little Hollywood?"

„Au ja! Das ist eine Filmkulisse mitten in der Region Almeria, Andalusien. Da werden die Cowboys und Indianerfilme gedreht. Mit Stuntman und Vorführungen, " erklärte Irene aufgeregt Angela.

Angela war mit ihrem Mann begeistert und auch Philipp stimmte zu.

Luise schmierte sich ein Brötchen: „Gut, dann fahren wir heute da mal hin!"

Rosalie und Markus kamen auf die Terrasse.

„Wo fahren wir heute hin?" fragte Markus neugierig.

„Nach Little Hollywood oder auch Mini Hollywood genannt!" antwortete Luise.

„Cool!" antwortete Markus und setzte sich an den Tisch.

Luise steckte sich noch den letzten Bissen von dem Brötchen in den Mund: „So dann packe ich mir mal meinen Rucksack." Schließlich sah sie auf die Uhr: „Wir sollten uns beeilen, denn das wird schon ein Tagesausflug."

Irene nickte: „Ist gut, wir räumen noch ab und dann können wir los."

Angela sah Luise an: „Könnt ihr Philipp mitnehmen?"

Luise schmunzelte: „Müssen wir diesmal eine Decke einpacken wegen Verschmutzungsgefahr? Aber ja, wir können ihn mitnehmen."

Philipp wurde leicht rot und sah Luise nur an. Dann verschwand sie und packte ihren Rucksack. Rosalie nahm ihre Videokamera mit und kurze Zeit später saßen alle im Auto unterwegs nach Mini-Hollywood. Sie fuhren von Garrucha nach Tabernas, die N340 runter, es dauerte dreißig Minuten mit dem Auto. Als sie da waren suchten sie sich einen Parkplatz und gingen in die Westernstadt.

Gemütlich gingen sie durch die Filmkulissen. Sie schauten sich eine Stuntshow an, mit Cowboys und Indianer die durch die Stadt ritten. Als nächstes betrachteten sie den Streichelzoo wo eine wunderbare Papageienshow stattfand. Schließlich legten sie eine Pause im Saloon ein. Danach gingen sie weiter in das Dorf von den Indianern, mit echtem Marterpfahl. Dort gab es auch einen Schießstand mit Pfeil und Bogen, wo man auf große Zielscheiben schießen durfte. Markus wollte unbedingt den Schießstand ausprobieren und Luise befürwortete es. So ging Rosalie mit Luise und Markus zum Pfeil und Bogen schießen. Rosalie nahm ihre Kamera und filmte. Markus legte den Bogen an, setzte den Pfeil auf und ließ ihn los. Der Pfeil zischte nach vorne und bohrte sich in die Zielscheibe.

„Nicht schlecht! Lass es mich auch mal ausprobieren, " sagte Luise.

Rosalie lachte: „Na ich weiß nicht, wenn du so was in die Hand nimmst kommt bestimmt nichts Gutes dabei raus!"

„Was soll da schon passieren, die Zielscheiben sind gut abgesichert",
antwortete Luise überzeugend.

Sie legte den Bogen an und setzte den Pfeil auf, schließlich spannte sie den Bogen soweit es ging. Doch was keiner wusste, war das Philipp hinter der Zielscheibe stand und mit seinem Handy telefonierte. Plötzlich fiel ihm das Handy nach vorne runter und Philipp ging ein Schritt vor, unbedacht wollte er das Handy aufheben und bückte sich. Aber da zischte der Pfeil von Luise schon nach vorne und da sie nicht zielsicher war, zischte der Pfeil an der Zielscheibe vorbei und rammte sich in das Hinterteil von Philipp. Geschockt sah Luise Philipp an. Markus und Rosalie brachen in lautem Gelächter aus. Luise ließ vor Schreck den Bogen fallen. Philipp richtete sich brüllend auf. Er kam mit einem roten, wutschnaubenden mutantierten Kopf auf Luise zu, die immer noch wie angewurzelt dastand. Rosalie zog an ihr bis sie reagierte. Langsam gingen die Frauen rückwärts denn sie wollten dem aufgebauschten Bullen Philipp, ausweichen. Doch Rosalie rutschte auf einem Kuhfladen der am Boden lag aus und flog hin. Da Luise hinten keine Augen hatte purzelte sie auf sie drauf.

Philipp bückte sich zu den Frauen runter und schrie: „Luisssssssssssssssssseeeeeeeeeeee!"

Vollkommen verwirrt und verdattert sagte sie: „Ich schwör! ...das war keine Absicht!"

Angela und Irene kamen um die Ecke gelaufen und sahen alle fragend an, bis Irene den Pfeil im Hinterteil von Philipp entdeckte: „Oh... mein... Gott! Wie habt ihr das denn geschafft?"

Endlich kamen auch Heinz und Rüdiger um die Ecke. Sie stützten Philipp und brachten ihn in die Erste Hilfe Station. Stillschweigend setzte sich Luise zu Philipp, der sich so langsam beruhigte. Die Anderen warteten draußen im Wartesaal. Der Arzt entfernte den Pfeil aus Philipps Hintern. Schließlich zog er ihm die Hosen runter, desinfizierte ihm die Stelle und nähte ihn. Luise wurde rot, als sie sein Hinterteil betrachtete und der Arzt ihr die Stelle zeigte. Als er fertig war durfte er sich wieder anziehen und musste noch zehn Minuten liegen bleiben.

Philipp sah Luise zornig an: „Das bekommst du zurück!"

Luise nahm ihre Hand und streichelte ihm sanft über die Brust. Langsam beugte sie sich zu seinem Mund runter, aber vorbei und blieb mit ihrem Mund vor seinem Ohr stehen.

Leise aber sanft flüsterte sie: „Do you really want to...dann ist Rache süß!"

Sie sah ihn an zuckte mit den Augenbrauen und legte ein Lächeln auf die Lippen, drehte sich um und ging in den Wartesaal zu den Anderen.

Angela kam sorgenvoll auf Luise zu: „Und? Geht es ihm besser?"

„Ja, ihm geht es gut er kommt gleich."

Rosalie stellte sich zu Luise: „Das war aber auch ein Brüller!"

Entsetzt sah Sie Rosalie an, die von hinten voller Kuhmist war: „Boah Rosalie du stinkst!"

Schließlich wanderte Luises Blick auf Angela: „Hast du zufällig eine Decke dabei? Damit das Auto nicht schmutzig wird? Sonst müsste sie die Klamotten ausziehen."

Angela und Irene mussten lachen.

Doch Rosalie verging das Lachen und jagte Luise: „Untersteh dich nur diesen Gedanken zu führen!"

Endlich kam Philipp aus dem Krankenzimmer, zwar humpelnd aber aufrecht gehend. Als sie zum Auto gingen hielt er seine rechte Pobacke fest und Luise sah ihm schmunzelnd hinterher. Auf der Rückfahrt durfte Philipp sogar vorne sitzen, Luise wollte endlich Frieden schließen. Immer wieder sah er in den Rückspiegel und beobachtete Luise, irgendwie traute er ihr nicht.

10. Kapitel

Als sie wieder in Las Buganvillas ankamen wollte Luise Philipp beim Aussteigen behilflich sein.

Doch er sah sie mit einem finsteren Blick an: „Nein lass mal gut sein, du bist mir heute zu nahegekommen!"

Luise schnappte nach Luft: „Na hör mal! Du bist hinter der Zielscheibe gestanden und hast nicht aufgepasst!"

Da drehte sich Philipp zu Luise um: „Ja das mag sein! Aber was meinst du, was das Wort Zielscheibe aussagt? Da hättest du drauf zielen sollen und nicht daneben!"

Luise drehte sich um und schüttelte den Kopf: „Vollpfosten!" sauer ging sie nach Hause.

Rosalie schloss das Auto ab und ging an Philipp vorbei: „Du bist unfair und das weißt du auch ganz genau!"

Angela und Irene beobachteten die Scene. Stillschweigend gingen die Frauen nach oben ins Haus. Abends setzten sich Angela und Irene auf die Dachterrasse und spielten Karten. Die Männer sahen sich Fußball an, nur Philipp gesellte sich nach oben zu den Frauen. Philipp saß schräg im Stuhl, da sein Hinterteil schmerzte. Angela sah immer wieder auf ihren Bruder und grinste.

„Was?" fragte Philipp.

Grinsend antwortete sie: „Nichts...gar nichts!"

Er verzerrte das Gesicht: „Sag schon..."

„Naja, nun hast du ein dauerhaftes Andenken von Luise", sagte sie anschließend lachend.

Nun musste auch Irene lachen: „Mensch, Mensch, Mensch..."

Luise kam die Dachterrasse hoch und gesellte sich dazu, jedoch würdigte sie Philipp keines Blickes.

Irene sah sie an: „Möchtest du mitspielen, aber das sind nur Karten ohne Pfeil und Bogen!"

Angela musste grinsen, auch Philipp grinste hämisch.

Doch Luise konterte: „Nein? Aber vielleicht verschlossene Türen, wo man dran lauschen könnte?" sagte sie zynisch.

Nun vergingen Angela und Irene das Lachen. Kopfschüttelnd stand Luise auf und ging zum Pool. Sie brauchte dringend eine Abkühlung bevor die Wut in ihr aufstieg. Die Frauen sahen ihr mit einem schlechten Gewissen hinterher.

„Meinst du wir sollten ihr hinterher gehen?" fragte Angela.

„Besser nicht! Wenn sie sauer ist, wäre das keine gute Idee! Da braucht sie einfach nur Ruhe!" antwortete sie.

Philipp grinste: „Wer weiß was sie als nächstes anstellen würde, vielleicht schmeißt sie dich in den Pool!"

Angela sah grantig auf ihren Bruder: „Also weißt du, so ganz unschuldig bist du ja nicht! Bei dem Pfeil warst du definitiv selbst schuld! Man hat hinter Zielscheiben nichts zu suchen, man muss mit unsicheren Schützen rechnen! Für die Situation mit deiner Frau kann Luise auch nichts und was sonst noch so zwischen euch steht weiß ich nicht, aber ich kann mir vorstellen dass sie dafür auch nicht viel kann!"

Nun brauchte Philipp frische Luft, kommentarlos stand er auf und verschwand. Luise ging nach dem schwimmen in ihr Bett, für sie war der Tag gelaufen. Angela und Irene beendeten den Abend auch relativ früh. Dicke Luft breitete sich über den Dächern von Las Buganvillas aus.

Am nächsten Morgen stand Luise sehr früh auf, sie weckte Rosalie und Markus. Kurzentschlossen machten sie einen Tagesausflug nach Cartagena an die Costa Calida (warme Küste). Sie schauten sich den größten Marinehafen Spaniens an und gondelten durch die Stadt. Luise brauchte Abwechslung und wollte einfach mal alleine unterwegs sein, ohne diesen Vollpfosten.

Als Irene und alle anderen am Frühstückstisch saßen, fiel Angela auf das Luise, Rosalie und Markus nicht da waren.

Verwundert sah sie Irene an: „Wo ist Luise?"

„Vielleicht schlafen die noch alle!" antwortete sie.

Rüdiger stand auf: „Ich schau nach."

Er ging rüber und wollte zu Luise rein, jedoch war die Tür abgesperrt. Schließlich klingelte er, doch niemand öffnete.

Er kam wieder an den Tisch zurück: „Tja, da ist wohl keiner da."

Verwundert sahen sich alle an und Irene sagte: „Das macht Luise eigentlich nicht, wegfahren ohne dass sie mir Bescheid gibt."

„Vielleicht ist sie nur einkaufen gefahren, " sagte Philipp.

„Ohne Frühstück?" meinte Angela.

„Nun macht euch mal keine Sorgen, sie ist erwachsen und kein Kind mehr. Außerdem sind Rosalie und Markus bei ihr, " sagte schließlich Rüdiger.

Mittags suchten sich Luise, Rosalie und Markus ein Lokal am Hafen. Direkt neben einem U-Boot was ausgestellt war, fanden sie ein Lokal mit Terrasse. Dort setzten sich die Drei zum Mittagessen hin.

Rosalie sah Luise an: „Denkst du nicht wir hätten deiner Mutter Bescheid geben sollen?"

Luise schmunzelte: „Ich bin erwachsen Rosalie und melde mich nicht mehr ab. Außerdem wäre ich dann Gefahr gelaufen das sie mit ihrem Besuch mit will und dann wäre Philipp auch wieder dabei gewesen. Ich finde er hat mich nun genug geärgert! Es wird Zeit das ich ihm aus dem Weg gehe. Wahrscheinlich nerve ich ihn schon und wenn ich etwas nicht will, dann ist es das, das ich mich mit ihm streite!"

„Verstehe! Du magst ihn immer noch oder?" fragend sah sie Luise an.

„Ja! Umso öfter er in meiner Nähe ist, umso anziehender finde ich ihn und das ist gar nicht gut! Er ist schließlich verheiratet."

Rosalie sah sie erstaunt an: „Du glaubst doch nicht wirklich das Joel wieder zu ihm zurückkommt? Oder er sie wieder zurücknimmt, nach dem sie ihn so gedemütigt hat?"

„Ich weiß nicht, dafür ist er mir zu Bodenständig! Außerdem ist er deshalb nicht gleich als Beute freigegeben. Ehrlich gesagt glaube ich nicht, dass er sich dann gleich in eine neue Beziehung stürzt, außerdem würde er mich nie wählen." antwortete Luise.

Rosalie schmunzelte: „Sei mal ehrlich...wie lange willst du denn noch auf ihn warten? Bis er die nächste findet?"

Luise schüttelte den Kopf: „Nein! Ich denke er wollte mich nie, er hätte genug Chancen gehabt aber er hat keine genutzt! Deshalb ist es auch besser, wenn ich ihm in der nächsten Zeit einfach nur aus dem Weg gehe."

„Also du willst dich wieder aus seinem Leben zurückziehen? Dich unsichtbar machen und verschwinden? So als wärst du nie da gewesen?"

„Ja, so denke ich wäre es am besten!"

Rosalie schüttelte den Kopf, schließlich bestellten sich alle eine Pizza. Am Nachmittag besuchten die Drei noch ein Museum. Zum Schluss gingen sie noch an den Strand baden.

Spät in der Nacht kamen die Drei nach Hause. Leise gingen sie ins Haus, so dass es keiner bemerkte, denn bei Irene war schon alles dunkel.

11. Kapitel

Die Sonne schien, aber kräftiger Wind ließ die Vorhänge von Luise hin und her bewegen. Eine frische Brise Luft wehte zu ihr und ließ sie wach werden. Sie drehte sich um und sah noch eine Weile zum Fenster. Sie dachte über die Situation nach, sie wollte das Thema Philipp abschließen und abhaken. Doch wie? Flüchten geht nicht, denn da würde sie ihre Mutter enttäuschen. Ihm ausweichen? Wird schwer werden! Ihn ignorieren? Dann würde sie ihm wieder einen Grund liefern, der ein Anlass zum Streit wäre. Also was tun fragt Zeus? Sie beschloss einfach nichts zu machen und es so laufen zu lassen. Vielleicht mit etwas Abstand! Also ihn nicht ausschließen, jedoch eine gewisse Distanz zwischen ihnen bringen. Umso mehr sie darüber nach dachte, umso besser fand sie diese Idee. Also stand sie auf und machte sich fertig. Markus und Rosalie schliefen noch als Luise zu ihrer Mum auf die Terrasse ging. Irene hatte den Tisch schon bereits gedeckt, als Luise auf der Dachterrasse ankam.

„Morgen", sagte Luise freundlich.

Verwundert sah Irene auf ihre Tochter: „Guten Morgen, schön dass du wieder da bist!"

Luise lächelte und setzte sich hin. Gemütlich frühstückte sie und genoss ihren Kaffee.

Wieder suchte Irene das Gespräch mit ihr: „Hast du heute was vor?"

Luise nickte: „Ja! Heute mach ich Urlaub am Strand und das den ganzen Tag!"

Irene musste lachen: „Gut, wir bleiben heute auch hier. Aber wie sieht es aus, wir wollen heute Abend auf das Volksfest gehen und danach nach Mojakar essen. Kommt ihr mit?"

Luise nickte: „Ja, gerne!"

Nach dem Frühstück, weckte Luise, Rosalie und Markus. Gemeinsam packten sie ihre Sachen zusammen. Luise richtete noch eine Kühlbox mit Getränken und etwas zu Essen her.

Als sie fertig waren gingen sie vor die Tür und Philipp sah von der Dachterrasse rüber: „Wie sieht es aus darf ich mit gehen?"

Luise und Rosalie sahen sich an und gleichzeitig kam es aus ihrem Mund: „Nein!"

„Oha!" dachte sich Philipp „Nur gut das der Strand für alle da ist."

Luise schlenderte mit Rosalie und Markus zum Strand. Sie suchten sich ganz vorne am Wasser einen Platz, gleich neben einer großen Palmeninsel die am Strand künstlich angelegt wurde. So hatten sie Sonne aber auch Schatten. Markus verschwand ins Meer und Luise legte sich entspannt auf ihr Handtuch und schloss die Augen, sie wollte einfach nur genießen dürfen. Doch heute wehte ein starker Wind und die Strandfahnen waren gelb. Das hieß es ist ein starker Wellengang, es ist nicht lebensbedrohlich, aber man sollte trotzdem aufpassen und vor allem nicht weit raus schwimmen.

Rosalie blickte kurz hoch von ihrem Handtuch in Richtung Strandpromenade: „Oh nein!" sagte sie verzweifelt.

Luise wurde hellhörig: „Was ist?"

„Schau selber!" antwortet Rosalie und ließ sich auf ihr Handtuch zurückfallen.

Nun wurde Luise doch neugierig und drehte sich in Richtung Strandpromenade: „Uff! Was macht er hier? Er sollte mit seinem Hintern besser nicht ins Wasser gehen! Erstens wird es brennen wie die Sau, da es Salzwasser ist und zweitens könnte er sich eine fette Infektion einfangen."

Rosalie lachte: „...vor allem mit dem Sand hier! Aber es ist sein Hintern, lass ihn selbst entscheiden er ist ja sooo erwachsen!"

Philipp näherte sich den zwei Frauen, provozierend legte er sein Handtuch fünf Meter von ihnen entfernt hin. Luise beobachtete ihn durch ihre Sonnenbrille. Doch Philipp schenkte ihnen keine Beachtung, schließlich zog er sich um in seine Badehose und lief zum Wasser. Mit neugierigen Blicken verfolgten die Frauen Philipp. Er wollte wohl cool wirken und hechtete in die Wellen. Doch es kam ihm eine große dicke Welle entgegen und zog ihm die Badehose aus. Luise und Rosalie beachteten ihn nicht mehr und somit bekamen sie es nicht mit, dass Philipp seine Badehose verloren hatte. Die Wellen spülten die Hose an den Strand. Luise lag auf ihrem Rücken und sonnte sich. Nach einer Stunde war Philipp immer noch im Wasser und traute sich nicht raus. Rosalie setzte sich aufrecht hin und schaute dem Treiben von Philipp zu.

Doch in dem Moment kam Markus zu seiner Mum: „Mum darf ich mir ein Eis holen?"

„Ja klar", sagte Luise und gab ihrem Sohn das Geld.

Anschließend drehte sich Luise zu Philipp um, der immer noch im Meer war.

Rosalie sah immer noch auf ihn: „Sag mal was treibt der da? Er ist über eine Stunde im Meer und das mit seiner Wunde!"

Luise zuckte mit den Schultern: „Das ist eine gute Frage...ziemlich unvernünftig, finde ich!"

„Ja finde ich auch! Meinst du wir sollten was sagen?"

Luise schüttelte den Kopf: „Bloß nicht sonst bekommen wir wieder den Ärger von ihm ab!"

Luise holte sich etwas zu trinken aus der Kühlbox und sah noch eine Weile auf Philipp. Der sich zwar dem Strand näherte, jedoch verließ er nicht das Wasser. Nach drei Stunden reichte es Rosalie.

Sie stand auf und ging ein Stück mit den Füßen ins Wasser: „Sag mal Philipp spinnst du eigentlich? Du bist nun mit deiner Wunde über vier Stunden im Wasser! Denkst du wirklich das das Gut ist?"

Philipp wurde rot und winkte Rosalie ein Stück zu sich: „Ich kann nicht raus!" sagte er leise und verzweifelt.

Rosalie fing an zu lachen: „Wieso nicht?", fragte sie hämisch mit schmutzigen Gedanken.

Philipp winkte ab: „Nein nicht das! Sondern meine Hose!"

Rosalie lachte immer lauter bis Luise es mitbekam und zu Rosalie ging.

„Was ist mit deiner Hose?" fragte Rosalie neugierig nach.

„Was ist? Was hat er?" warf Luise neugierig dazwischen.

Rosalie lachte: „Keine Ahnung! Er sagt er kann nicht raus wegen seiner Hose."

Luise schmunzelte: „Wieso nicht?"

Beide Frauen sahen fragend auf ihn. Doch nun hatte Philipp keine Lust mehr zu schreien oder was zu erklären. Er wusste sowieso, dass das nur noch eine Blamage werden konnte! So stand er nackig wie Gott ihn schuf auf und ging aus dem Wasser. Luise nahm ihre Sonnenbrille hoch legte die Hand vor ihren offenstehenden Mund und riss die Augen auf. Auch Rosalie verschlug es die Sprache und sie riss ihre Augen auf. Doch Philipp ging aufrecht zwischen den Frauen durch. Die Blicke klebten an ihm, die Frauen verfolgte ihn mit ihren Blicken bis die Badehose wieder dasaß, wo sie hingehörte. Er bückte sich, hob seine Badehose auf und zog sie wieder an. Rosalie hat es die Sprache verschlagen und Luise war so entsetzt, dass sie sich stillschweigend auf ihr Handtuch setzte und nichts sagte. Auch ihr hat es förmlich die Sprache verschlagen! Philipp schnappte sich sein Handtuch und setzte sich neben Luise, die ihn immer noch entsetzt ansah.

„Danke, dass du mal nicht gelacht hast!"

Rosalie gesellte sich dazu: „Oh man Philipp! Jetzt werde ich immer Kopf Kino haben, wenn ich dich sehe!"

Luise musste schmunzeln, aber nein sie wollte nicht laut loslachen, obwohl sie es gerne getan hätte. Luise war fassungslos. Er hatte tatsächlich seine Badehose verloren!

Schmunzelnd sah sie ihn an: „Mal ehrlich Philipp, wie kann man seine Badehose verlieren, da ist doch ein Band dran!"

„Ja aber das habe ich nicht zugeschnürt!"

Luise schüttelte den Kopf, doch in diesem Augenblick kam ihr Sohn auf sie zu: „Mum ich gehe ins Meer schwimmen, okay?"

Luise sah ihn an und gedanklich ganz woanders fragte sie: „Ja, hast du deine Badehose zugeschnürt?"

Verwirrt sah sie Markus an: „Wie meinst du das?"

Philipp winkte lächelnd ab: „Hör nicht hin geh einfach schwimmen."

Markus sah beide an: „Mum du solltest aus der Sonne gehen! ...und Philipp, dir empfehle ich nicht so viel mit den zwei Frauen abzuhängen, das färbt sonst noch ab!"

Nun musste Philipp lachen und die zwei Frauen sahen Markus sprachlos hinterher!

12. Kapitel

Nach diesem Tag am Strand fühlte sich Luise in der Gesellschaft von ihrer Mum und Angela wesentlich wohler. Sie wollte nur allen weiteren peinlichen Situationen aus dem Weg gehen. War das so???

Am Abend zogen sich alle um und gingen zu Fuß zum Volksfest. Langsam schlenderten sie gemeinsam drüber, bis sie an einen Weinstand kamen. Rosalie war vom spanischen Wein begeistert und sie wollte endlich mal ein Glas Wein trinken. Luise ließ sich überreden und hockte sich mit den Anderen dazu. Den Frauen schmeckte der Wein aber auch Philipp mundete er. Doch Irene und Angela hatten Hunger und wollten weiter nach Mojakar. So zogen sie weiter, sie ließen Rosalie, Luise und Philipp im Weinzelt sitzen. Zu jeder späteren Stunde zeigte der Wein so langsam seine Wirkung, doch irgendwann hatte Rosalie genug und sie zogen gemeinsam weiter. Luise war so gut wie außer Gefecht gesetzt, selbst Philipp lief sehr schwankend über das Volksfest. Rosalie versuchte die Zwei immer wieder zu stützen, doch leider wirkte der Wein auch bei ihr. Doch sie hielten an den Ständen immer wieder an und probierten verschiedenes aus. Nur langsam konnte sie sich in Richtung Heimat bewegen.

Doch plötzlich, vor einem Tattoo Studio blieb Philipp stehen: „Eyyy Luiseeee, magscht ein Tattooooo?"

Luise war so betrunken das sie anfing zu lachen: „Joooop!" antwortete sie.

Philipp beugte sich mit dem Gesicht zu Rosalie und wackelte mit dem Finger hin und her: „Duuuu auchhh?"

„Joooop", sagte sie schwankend.

Philipp nahm die Frauen und zu dritt wollten sie durch die Tür, was natürlich nicht funktionierte. Also polterten sie in den Laden rein. Emilo, der Ladenbesitzer musste schmunzeln als er die Drei ansah.

Mit seinem spanischen Akzent sagte er: „Na, wie kann Emilio euch helfen?"

Philipp rülpste: „Hoppppaalla… er schwankte und versuchte zu erklären: wirrr wolllen ein Tattooooo."

„Kein Problem, Emilio sticht euch jedes Tattoo was ihr gerne möchtet!" antwortete er.

„Guuuut, wasch…koschtet….das?" fragte Philipp schwankend.

Luise und Rosalie legten sich schon auf den Liegen hin.

„Naja, wollt ihr ein kleines Tattoo, dann macht euch Emilio ein Spezial Preis."

Philipp nickte und hob den Zeigefinger auf Luise: „Dassss istttt ei...ne Spezial Frau!"

„Oh Emilio versteht... keine Sorge ich mach etwas ganz Ausgefallenes! Okay, dann bekomm ich für euch drei Hundertachtzig Euro!"

Philipp zog den Geldbeutel und bezahlte. Luise und Rosalie waren mittlerweile eingeschlafen. Emilio machte sich ans Werk, doch die Frauen bekamen nichts mehr mit. Im Morgengrauen waren die Werke fertig und Emilio weckte alle. Luise und Rosalie hatten immer noch einen schweren Rausch, aber auch Philipp schwankte den ganzen Heimweg. Als die Sonne aufging fielen sie ins Bett.

Am Spätnachmittag gegen drei Uhr weckte Markus seine Mum: „Aufstehen!"

„Uff...Boah...puhhhh...bitte nicht so laut, " sagte Luise flüsternd.

„Okay Mum...aufstehen es ist drei Uhr nachmittags. Ich soll dich von Oma fragen was ihr mit Philipp gemacht habt, er spukt ihr die Bude voll!"

Luise setzte sich langsam in die Senkrechte und sah ihren Sohn an: „Ich glaube wir haben gestern zu viel Wein getrunken."

Luise stand auf und hielt ihren Kopf fest: „Boah, habe ich Schädelweh!"

Markus musste lachen: „Ja, das hat Rosalie auch schon gesagt. Ich habe versucht sie zu wecken ist aber fehlgeschlagen! Sie ist wieder eingeschlafen."

„Joa ist gut, ich schau gleich nach ihr aber vorher benötige ich eine kalte Dusche!" sagte Luise und verschwand im Bad.

Als Luise im Bad war und sich ihre Unterhose auszog, entdeckte sie das Tattoo über ihrem Scharmbein. Es war ein kleines Herz mit einem Schloss. Entsetzt und sprachlos zu gleich sah sie das Tattoo an.

Wut stieg in ihr auf und laut schrie sie: „Arghhhhhhhhhhhhhhhhhhhh!!!" wütend hüpfte sie nackt im Bad rum.

Rosalie wurde wach und klopfte an die Bad Tür: „Ey! Geht das auch leiser?"

Markus sah auf die Badtür.

Luise war außer sich, wütend riss sie die Badtür auf: „Wo ist dieser Schweinepriester...ich bring den Kerl um!!"

Luise stand nackt in der Tür. Rosalie und Phil sahen sie entgeistert an bis sie das Tattoo entdeckten und plötzlich brachen beide in lautes Gelächter aus.

Luise kehrte in das Bad zurück und schloss die Tür: „Dieser Schweinepriester...ich bring ihn um!" schrie sie laut.

Doch das Geschrei drang bis auf die Terrasse von Irene. Schnell rannten Angela und Irene zu Luise ins Haus.

„Was ist passiert?" fragten sie.

Rosalie und Markus lachten immer noch.

Schließlich sagte Markus: „Oma das willst du nicht Wissen!"

Wieder musste Markus lachen.

Luise kam geduscht und angezogen aus dem Bad, immer noch wutentbrannt.

Schließlich erblickte sie Angela: „Wo ist der Schweinepriester? Der Kerl ist so was von tot!"

Irene war sehr verwundert über Luises Verhalten: „Mensch was ist denn los?"

„Was los ist willst du Wissen?" Luise öffnete ihre kurze Hose und zeigte ihrer Mutter ihr Tattoo!

Verblüfft sahen Angela und Irene auf das Tattoo und beide fingen an laut los zu lachen. Luise brauchte dringend frische Luft, sie zog sich an und verschwand. Sie setzte sich an den Pool, doch es dauerte keine Stunde da kreischte Rosalie laut durch Las Buganvillas. Hastig rannte Luise zu Rosalie, die frisch geduscht aus dem Bad kam.

Etwas aus der Puste vom Laufen fragte sie: „Was ist passiert?"

Rosalie hob ihr T-Shirt hoch. Auf ihrer linken Brust war ein bunter Delphin eintätowiert.

„Man, man, man ich gehe mit euch nie wieder was trinken!"

Natürlich kamen auch Angela und Irene wieder angerannt, verdutzt sahen sie auf die zwei lachenden Frauen. Rosalie sagte nichts und hob nur ihr T-Shirt hoch. Angela lachte laut los.

Irene lachte und schüttelte den Kopf: „Mensch, Mensch, Mensch ihr müsst ja einen sauberen Zacken in der Krone gehabt haben!"

Lachend verließen sie Luises Haus und gingen wieder zu Irene. Abends gesellten sich Rosalie und Luise zu Irene auf die Dachterrasse. Als plötzlich Philipp mit roten Kopf nach oben kam. Angela und Irene mussten schmunzeln.

Angela sah Philipp an: „Und...wo hast du dein Tattoo?"

Philipp senkte den Kopf: „Hinten, auf meiner linken Pobacke!"

Rosalie sah ihn an: "...und was für ein Tattoo?"

"Ein Herz mit Schlüssel wo Luise darauf steht!"

Alle konnten lachen nur Luise erstarrte mal wieder zu einer Salzsäule! Sie wurde ganz nervös, denn plötzlich hatte sie einen schrecklichen Gedanken! Das Lachen am Tisch verstummte als Luise blitzschnell vom Stuhl aufsprang und in ihr Haus rannte. Fragend sahen ihr alle hinterher. Luise rannte in ihr Bad, hob sich den Slip etwas nach vorne und sah das Tattoo genauer an. Langsam sackte sie zu Boden und leise sagte sie: "Oh nein!!!!"

Rosalie stürmte ihr hinterher und als sie ankam saß Luise verzweifelt am Boden im Bad.

„Was ist???" fragte Rosalie.

Luise sah sie mit ihren großen, grün braunen Augen an: „Um das Schlüsselloch von dem Tattoo ist Philipp eintätowiert!"

Rosalie grinste und gemeinsam kehrten sie auf die Terrasse zurück.

Geknickt ging Luise auf die Terrasse zurück, schmunzelnd sahen sie alle an, doch keiner sagte etwas.

Irene kam von unten die Treppe hoch und fragte in die Runde: „Möchte jemand ein Glas Wein?"

Rosalie, Luise und Philipp antworteten zu gleich: „Nein!!!!!!"

13. Kapitel

Am nächsten Morgen wachte Luise sehr früh auf. Ihre Gefühle waren durcheinandergeschüttelt und ihre Gedanken total verwirrt. Sie hatte das Gefühl sie würde gleich explodieren, es würde sie innerlich zerreißen. Sie wollte gar nicht mehr an ihn denken und doch nahm er sich das Recht in ihrem Herzen zu wohnen. Wütend zerknirschte sie ihr Kissen, sie wollte sich von ihm lösen, ihn loswerden, einfach ihm nicht begegnen!

Luise nahm ihr Kissen und stülpte es über ihren Kopf mit den Worten: „Ach Menno…" schließlich schmiss sie ihr Kissen auf die leere Betthälfte. Verzweifelt sah sie die leere Betthälfte an, wie gerne wäre sie in seinen Armen gelegen. Doch all die Wunschgedanken halfen nichts und für Luise gab es nur eine Möglichkeit diese wirschen Gedanken los zu werden. Sie musste Sport treiben, um einen klaren Gedanken wieder zu erlangen. Sie zog sich ihre schwarze dreiviertel lange Adidas Hose an und stülpte sich ein ärmelloses T-Shirt drüber, sie schlupfte in ihre Joggingschuhe und verschwand leise durch die Haustür. Sie joggte an der Playa entlang und versuchte ihn aus ihren Gedanken zu streichen. Nach vierzig Minuten kam sie wieder zu Hause an. Völlig verschwitzt zog sie sich um in ihren Badeanzug und ging zum Pool. Wütend schwamm sie ihre Bahnen, immer wieder sagte sie sich innerlich was soll ich denn tun! Sie schwamm eine Bahn nach der anderen bis sie völlig entkräftet an den Beckenrand schwamm. Langsam zog sie sich raus und legte sich auf die Liege. Nach einer Weile schloss sie die Augen und endlich wurde sie innerlich ruhiger.

Doch plötzlich beugte sich Philipp über sie: „Guten Morgen", sagte er freundlich.

Erschrocken riss sie die Augen auf und sah ihn an, doch sie sagte kein Wort.

Philipp richtete sich wieder auf: „Oha, haben wir schlecht geschlafen?" schließlich sprang er ins Wasser.

Luise setzte sich hin und sah ihm zu wie er schwamm.

Als er aus dem Wasser kam ging Luise zu ihm hin: „Philipp so geht das nicht weiter! Mich zerreißt es momentan!"

Fragend und etwas verdutzt sah Philipp sie an, doch sie schüttelte den Kopf und ging.

Nach dem Duschen ging sie zum Frühstücken zu ihrer Mum auf die Terrasse, wo natürlich schon alle saßen.

„Morgen", sagte Luise und setzte sich hin.

Ein freundliches „Guten Morgen" klang zurück.

Irene ergriff das Wort: „Luise, ich möchte heute mit Angela nach Cádiz fahren."

„Oh Muttern, ich wollte heute zum Strand."

Markus redete dazwischen: „Ich kann auch nicht, ich habe eine Verabredung mit Monika."

Fragend sahen alle auf Markus: „Wer ist Monika", hakte Luise nach.

Markus sein Gesicht färbte sich rot: „Egal, aber ich kann nicht."

Luise sah ihren Sohn streng an: „Wir unterhalten uns noch Freund!"

Markus sah hilfesuchend zu Rüdiger.

Der winkte ab: „Ich darf dazu nichts sagen sonst habe ich ärger mit deiner Oma!"

Schließlich wanderte sein Blick hilfesuchend zu Heinz, aber er zeigte auf Angela: „Du...mein Gesetzbuch sitzt hier!"

Letztendlich sah er Philipp hilfesuchend an: „Lass ihn halt, er muss sich austoben!" sagte er zu Luise.

Luise runzelte die Stirn: „So wie du dich ausgetobt hast? Wo das endet sehe ich!"

Philipp sah Luise ernst an: „Es wird gut enden!" sagte er und sah Markus an „Lauf schon ich kläre das mit ihr."

Das ließ sich Markus nicht zweimal sagen und verschwand. Verdutzt und sprachlos sah sie Philipp an.

Doch Angela griff in das Geschehen ein: „So! Luise wir wollen heute zu viert nach Cádiz fahren. Das heißt Rosalie, Philipp und du bleiben hier. Die Frage stellt sich ob man euch hier alleine lassen kann? Ohne Wein, ohne Tattoo und ohne Streitereien!"

Irene musste schmunzeln, doch Luise, Rosalie und Philipp kamen sich bevormundet vor, wie kleine Kinder.

Luise nickte aber schwieg und Rosalie grinste: „Naja, wer weiß wer weiß..."

„Wir kommen aber erst in drei Tagen zurück", fügte Angela hinzu.

Wieder nickte Luise kommentarlos. Nachdem das geklärt war konnten alle in Ruhe frühstücken. Anschließend ging Luise mit Rosalie an den Strand. Sie legten sich wieder ganz vorne bei der Palmeninsel hin. Es dauerte nicht lange dann kam auch schon Philipp dazu und legte sich zu ihnen.

Als Philipp ins Meer zum Schwimmen ging setzte sich Luise aufrecht hin: „Rosalie, hast du Lust gehen wir ein Stück am Strand spazieren?"

Verdutzt sah Rosalie sie an: „Was ist denn heute mit dir los?"

„Ich weiß nicht, aber seine Gegenwart erdrückt und zerreißt mich!" erklärte sie Rosalie.

Rosalie stand auf: „Na komm lass uns ein Stück den Strand entlang gehen."

Luise zog sich ein T-Shirt drüber und gemeinsam gingen sie am Meer entlang.

„Das sind die Gefühle die wieder an die Oberfläche kommen oder?" fragte Rosalie.

Luise nickte.

„Hast du mit ihm denn schon mal versucht darüber zu reden?"

„Nein, nicht wirklich! Aber ich denke er müsste Wissen was ich für ihn empfinde. Nur…"

„Nur was Luise?" hakte sie nach.

Luise sah Rosalie an: „Verdammt er ist verheiratet!"

Rosalie musste schmunzeln: „Ja, das ist ein Grund aber kein Hindernis! Außerdem denkst du wirklich das er und Joel nochmal zusammenkommen?"

Luise stöhnte: „Ich weiß es nicht und eigentlich geht mich das auch nichts an."

„Oh man Luise, vielleicht solltest du ihm mal klar sagen, dass du ihn magst! Hast du mal darüber nachgedacht? Ich versteh gar nicht das du ihm nie gesagt hast was du für ihn empfindest? Vor allem als er noch nicht verheiratet war!"

Luise zuckte mit den Schultern: „Ich denke ich bin nicht der Typ für so offene und direkte Gespräche. Es wäre anders gewesen, wenn er mir entgegengekommen wäre, ist er aber nicht! Ich habe ihm genügend Signale aufgezeigt. Also was soll ich da denken?"

„Hm, da stellt sich die Frage ob er auch so empfindet. Wenn er natürlich so ist wie du…"Rosalie fing das Grinsen an „…dann werdet ihr nie zusammenkommen! Vielleicht denkt er genauso und will das du den ersten Schritt machst!"

Luise setzte sich in den Sand und sah auf das weite Meer: „Das würde ich mich nie trauen!"

Rosalie setzte sich zu Luise: „Mensch Luise, wenn du nie in die offensive gehst wirst du es nie erfahren!"

„Ich kann das nicht!" sagte sie energisch.

Rosalie sah sie an: „Wovor hast du Angst? Vor einer Ablehnung? Na und…aber dann weißt du es!"

Doch Luise konnte nicht aus ihrer Haut raus! Sie stand mit Rosalie auf und ging ein Stück weiter. Rosalie sah sich um und ihr wurde ganz unbehaglich.

„Luise!" flüsterte sie.

Schließlich blieb Luise stehen: „Ja?"

„Schau dich mal um, aber so dass es keiner merkt!" meinte Rosalie.

Luise ging ein Stück weiter und sah sich vorsichtig um: „Oh mein Gott wir sind an einen Nudisten Strand!" flüsterte sie.

Rosalie musste schmunzeln und die Frauen wollten möglichst schnell umkehren. Aber als sich Rosalie umdrehte, rammte sie einen runden dicken Mann mit schwarz grauen Haaren, der gute zwei Köpfe größer als sie war. Er war nackt, klar war ja ein Nudisten Strand.

„Oh verzeihen sie bitte", sagte Rosalie mit gerötetem Gesicht.

Doch als der Mann sie ansah sagte er: „Rosalie? Was machst du denn hier?"

Langsam kullerten Rosalies Augen nach oben und sie sah dem Mann ins Gesicht: „Oha!" schließlich musterte sie ihn von oben nach unten und von unten nach oben.

Plötzlich färbte sich ihr Gesicht dunkelrot und sie stolperte über sämtliche Worte: „Ja, ...ähm...nun...uff...!"

Luise trat vor: „Sie macht mit mir Urlaub hier!" Luise reichte ihm die Hand: „Luise, angenehm", stellte sie sich vor.

Rosalie atmete tief durch.

Der Mann sah Luise an: „Johann, ich bin Rosalies Chef."

Luise verkniff sich das Lachen und presste ihre Lippen fest zusammen, so dass sie nicht in Gebrüll ausbrach.

„Ja ich bin auch im Urlaub hier mit meinem Mann", sagte Johann.

Nun wurde es kritisch für Luise, sie war kurz davor das es sie vor lauter Lachen zerreißt. Mit seinem Mann??? Er war nicht nur nackt, sondern auch noch schwul, oh mein Gott was für eine peinliche Situation, dachte sich Luise. Rosalie wurde nervös und zupfte an Luises T-Shirt.

Doch Johann ließ nicht locker und rief nach seinem Manne. Er kam auf Rosalie und Luise mit einem femininen Hüftschwung zu. Er war lang, schlank und grau Haarig. Er reichte Rosalie und Luise freundlich die Hand. Er hatte einen starken weiblichen Touch, eine Hand in der Hüfte mit der anderen fuchtelte er wild rum als er sich vorstellte, er hieß Freddy. Rosalie fühlte sich immer unbehaglicher und zupfte immer mehr an Luise rum.

Rosalie wollte sich mit ihrem hochroten Kopf verabschieden, doch Johann und Freddy wollten nicht lockerlassen: „Wie sieht es aus, wollen wir heute Abend durch die Bars ziehen Rosalie?"

Bei Luise gingen die Alarmglocken los! Oh mein Gott dachte sie, nachher wollen die noch nackt durch die Bars ziehen! Auf keinem Fall, sie musste eingreifen.

Rosalie schmunzelte verlegen: „Naja, mal sehen. Ich weiß noch nicht was wir heute machen, " stotterte sie rum.

Luise gab ihr ein Hieb in die Rippen: „Nein, das geht doch nicht wir wollten doch Fußball schauen!" leider fiel Luise auf die Schnelle nichts Besseres ein.

„Ach kommt schon, Fußball kann warten!" sagte Johann energisch.

Rosalie nickte und sagte zu, denn sie wollte so schnell wie möglich von dort verschwinden. Sie verabredeten sich am Hotel von ihrem Chef. Schließlich verabschiedeten sich die zwei Frauen von Johann und Freddy. Als sie ein Stück entfernt waren musste Luise schmunzeln.

Doch Rosalie sah Luise an: „Ich werde nie wieder in meinem Betrieb arbeiten können! Jedes Mal, wenn mein Chef vor mir steht, werde ich ihn mir nackt vorstellen! Arghh...Kopf Kino!"

„Naja, nun musst du erst mal mit den Zweien die Bars durchstreifen!"

Rosalie sah Luise schockiert an: „Nein! Da gehe ich nicht hin."

„Nun ja, dann wird dich dein Chef nach dem Urlaub fragen wo du warst."

„Arghh Luise!"

Luise und Rosalie näherten sich ihren Platz wo Philipp schon wartete: „Hey, alles klar bei euch?"

Luise und Rosalie sahen ihn an und beide sagten gleichzeitig: „Nein!"

Luise legte sich lachend auf ihr Handtuch: „Rosalie hat gerade ihren Chef getroffen und muss nun mit ihm heute Abend um die Häuser ziehen!"

Rosalie sah zu Luise: „Du wirst schön brav mitkommen!"

„Neeee niemals!"

Rosalie sah Philipp an: „Dann werde ich mit Philipp reden!"

Nun wurde Luise ernst: „Wow, wow, wow...ist ja gut ich gehe mit!"

Philipp wurde hellhörig: „Rosalie über was willst du mit mir reden?"

Luise legte sich wieder zurück: „Ich geh mit!"

„Gut!" sagte Rosalie, schließlich wanderten ihre Blicke zu Philipp: „Über nichts!" sie legte sich zufrieden auf ihr Handtuch.

Philipp sah Luise an: „Soll ich mitkommen heute Abend?"

„Ja, bitte!" sagte Luise kleinlaut.

Sie wusste nicht auf was sich da Rosalie eingelassen hatte und nachdem in diesem Urlaub alles schieflief, war sie das erste Mal froh das Philipp mitgehen wollte.

14. Kapitel

Langsam brach der Abend an und alle zogen sich um. Gemeinsam gingen Rosalie, Luise und Philipp zum Hotel von Johann. Kurz vor dem Eingang blieb Luise stehen.

Rosalie sah sie fragend an: „Was ist los?"

Luise grinste: „Na wir warten hier. Du gehst rein und holst deinen Chef ab."

Rosalie lachte: „Ganz sicher nicht! Da gehst du schön mit rein!"

Fragend sah Philipp die Frauen an und mit Spannung verfolgte er das Gespräch.

Luise wurde energisch: „Nee, nur über meine Leiche!"

„Luise!!" schrie sie „Du kommst da jetzt mit rein!"

Philipp versuchte zu vermitteln: „Na los Luise wir gehen da zu dritt rein."

Verzweifelt sah sie Philipp an: „Oh man du hast ja keine Ahnung!"

„Macht nichts!" sagte er. Er nahm Luise, Rosalie und gemeinsam drückte er sie durch die Drehtür in die Empfangshalle. Luise stellte sich hinter Rosalie und Philipp. Langsam ging er durch die Empfangshalle zur Rezeption. Nun endlich begriff er warum Luise nicht in das Hotel wollte. Rosalie ließ über die Rezeption sich bei ihrem Chef anmelden. Kurze Zeit später kam er in die Empfangshalle, zwar nicht bekleidet jedoch trug er wenigstens ein Handtuch um die Taille. Herzlich begrüßte er die Drei und wollte mit ihnen in die Hotelbar gehen, doch nun griff Philipp durch.

„Also wir können schon mit den Damen weggehen, doch nicht in diesem Milieu. Da suchen wir doch lieber ein besseres Ambiente aus," sagte er direkt.

Johann nickte: „Gut, dann gebe ich Freddy Bescheid und wir treffen uns vor dem Hotel."

Philipp nickte, er nahm die zwei Frauen an die Hand und verließ mit ihnen das Hotel. Luise und Rosalie atmeten auf.

Philipp sah die Frauen an und grinste über das ganze Gesicht.

„Was?" fragte Rosalie schnippisch.

Doch Philipp schüttelte nur den Kopf. Kurze Zeit später kam schon Johann mit Freddy zu ihnen. Er stellte sich mit Freddy vor. Luise musterte die Zwei und leise dachte sie, angezogen schauen sie auch nicht besser aus, aber zu mindestens zivilisierter! Sie schlenderten *gemeinsam die Straße rauf bis sie an ein Lokal kamen. Philipp fand es von außen recht ansehnlich und meinte, dass sie dort gemeinsam einkehren könnten. Johann und Freddy stimmten zu, Rosalie und Luise sagten nichts, sie passten sich der Mehrheit an. Philipp wählte einen Tisch im hintersten Eck, wo es ziemlich dunkel war. Ansonsten war das Lokal sehr gemütlich eingerichtet. Da war nicht sehr viel Betrieb, nur eine leicht bekleidete Dame stand hinter der Theke. Sie gab Bescheid das Gäste da waren. Kurze Zeit später kam eine lange, blonde Frau mit einer üppigen Oberweite zum Tisch. Rosalie grinste, doch Luise bekam große Augen. Die Frau hatte oben rum nichts an und nur kleine Aufkleber mit Bommel, verdeckten die Brustwarzen. Unten rüber trug sie eine sehr knappe kurze Hose, die Füße waren mit High Heels bekleidet.*

Schließlich beugte sie sich zu den Herren runter: „Na ihr Süßen, was darf ich euch bringen?"

Philipp wurde tiefen rot im Gesicht. Johann konnte seine Augen nicht mehr von der Dame nehmen so fasziniert war er.

Rosalie nahm es locker und bestellte für Luise mit: „Zwei Spezi bitte."

Philipp wollte sich ein Bier bestellen, doch Rosalie gab ihm ein Hieb in die Rippen und so sagte er: „Eine Coca-Cola."

Luise sagte nichts mehr sie war so geschockt das sie verstummte.

Rosalie sah sich um: „Ja, dieses Ambiente ist wesentlich besser. Außerdem glaube ich das unsere Kellnerin ein Kerl ist."

Nun wurde Philipps Gesichtsfarbe so richtig rot.

Johann sah Rosalie an: „Komisch aber das dachte ich auch die ganze Zeit. Jedenfalls lade ich euch alle ein zum Essen, denn wenn es das ist was ich denke, dann wird das hier sehr teuer."

Philipp und Luise sahen erschrocken auf Johann, doch Rosalie nahm es gelassen: „Ey, seid nicht so steif, da passiert nichts."

Doch Luise und Philipp schwiegen. Ihr war das ganze unheimlich und sie fühlte sich sichtlich unwohl.

Rosalie wollte Luise ablenken: „Luise gehst du mit? Ich möchte eine Zigarette rauchen gehen?"

Luise nickte, beide Frauen standen auf und gingen vor die Tür zum Rauchen. Als sie dort eine Weile standen hielt plötzlich ein dunkler Mercedes. Der Fahrer kurbelte das Beifahrer Fenster runter und winkte Rosalie zu sich. Luise verfolgte das Geschehen mit einem kritischen Blick.

Rosalie bückte sich zum Beifahrer Fenster runter: „Ja, bitte?"

Der Fahrer musterte sie: „Oh, Bella mujer de lo que cuesta?"

Rosalie schmunzelte freundlich und sagte: „Un momento por favor!"

Schließlich sah sie zu Luise: „Hol mal die Kellnerin, ich versteh den Fahrer nicht!"

Luise verschwand im Lokal, kurze Zeit später kam sie mit der Kellnerin zurück. Schließlich beugte sie sich in das Beifahrer Fenster und unterhielt sich mit diesem Typen. Rosalie kehrte in der Zwischenzeit mit Luise an den Tisch zurück. Doch plötzlich kam die Kellnerin wieder an den Tisch.

Sie sah auf Rosalie und schmunzelte: „Der Mann hat gefragt was du kostest, er hätte dich für eine Nacht mitgenommen."

Rosalie bekam einen roten Kopf und schließlich stand sie auf: „Wir gehen und zwar sofort!"

Die Männer sahen erschrocken auf Rosalie, doch Luise schmunzelte: „Ey, nicht so steif hier passiert doch nichts!"

Doch einstimmig verließen sie das Lokal. Diesmal beschloss Luise wo es hinging. Gemeinsam durchstreiften sie die Nacht und im Morgengrauen fielen sie ins Bett.

15. Kapitel

Am nächsten Morgen wachte Luise unruhig auf. Der Schweiß stand an ihrer Stirn. Ihre Gefühle durchfluteten ihren Körper und sie wusste, dass sie dem ganzen bald nicht mehr standhielt. Ihre Emotionen waren kurz vor dem explodieren. Immer wieder stellte sie sich die Frage WARUM? Warum ausgerechnet dieser Mann? Die Welt beherbergt doch viele Männer, warum ausgerechnet dieser Mann? Doch niemand konnte ihr die Antwort geben. Nachdenklich zog sie ihre Sportkleidung an und verließ das Haus. Sie rannte die Playa entlang, doch dann zog sie ihre Schuhe aus und ging runter ans Meer. Als sie am Strand war ließ sie sich weinend in den Sand fallen. Lange sah sie auf das Meer hinaus und überlegte immer wieder WARUM ausgerechnet er! Stunden vergingen und Luise hatte keine Lust zurückzukehren. Immer wieder drangen die Tränen an die Oberfläche, doch sie fand keine Erklärung. Als es Mittag wurde machten sich Rosalie und Philipp Sorgen, da Luise nicht da war. Philipp beschloss sie am Strand zu suchen, nach einer Weile fand er sie. Langsam näherte er sich ihr. Sie saß im Sand und sah auf das Meer, Tränen überfluteten ihr Gesicht. Philipp ging runter in die Hocke, sah Luise an und nahm sie wortlos in den Arm. Luise ließ es zu, endlich lag sie in den langersehnten Armen von ihm. Für einen Moment fühlte sie sich zu Hause angekommen, doch sie wusste diese Arme gehörten ihr nicht.

Der Tränenfluss wollte einfach nicht aufhören und Philipp drückte sie fest an seine Brust: „Luise, was ist denn nur los?"

Luise sah ihn verweint an: „Ich liebe dich Philipp und ich habe dich schon immer geliebt! Ich weiß nur nicht warum! Aber du wolltest *mich nie, denn Zeichen habe ich dir genug gegeben. Doch...es kam nie eine Antwort...und irgendwann folgte die Lüge."*

Luise löste sich aus seiner Umarmung und Kopfschüttelnd ging sie langsam nach Hause. Sprachlos sah Philipp ihr hinterher.

Als sie zu Hause ankam wartete Rosalie schon ungeduldig auf sie: „Luise, wo warst du so lange?"

Rosalie blickte Luise ins Gesicht und erkannte das sie geweint hatte.

„Die Gefühle wieder? Mensch Luise du solltest mit ihm reden," sagte Rosalie energisch.

Traurig sah Luise sie an: „Ich habe ihm eben gesagt was ich führ ihn empfinde, er weiß es nun direkt Rosalie!"

Fragend sah Rosalie sie an, doch Luise drehte sich um und verschwand in ihrem Zimmer. Sprachlos setzte sich Rosalie auf die Dachterrasse von Irene. Kurze Zeit später kam Philipp vom Strand zurück und kam zu Rosalie auf die Dachterrasse. Wortlos setzte er sich zu ihr hin und schaute in die Anlage runter.

„Was ist los Philipp?" fragte Rosalie direkt.

Sie riss ihn aus seinen Gedanken: „Ich wusste nicht, dass sie so viel für mich empfindet."

Rosalie schmunzelte: „Ja...und das seid über fünfzehn Jahren! So lang ich zurückdenken kann, verging nicht ein Tag an dem sie nicht an dich gedacht hatte! Tja... sie liebt dich Philipp und das aus ganzem Herzen...aber...ich denke du liebst sie nicht, stimmt's?"

Philipp hob seinen Kopf hoch und sah Rosalie an: „Du hast ja keine Ahnung!"

„Nein, stimmt! Ich habe keine Ahnung aber vielleicht willst du es mir erklären?"

Philipp lehnte sich etwas verzweifelt zurück und fing an zu erzählen: „Als ich Luise kennen lernte, wusste ich das sie mich mag. Aber ich war mir nicht sicher, dann kam Markus auf die Welt. Da hatte ich die Hoffnung aufgegeben, dass sie mich mag."

Rosalie nickte: „...und warum hast du sie belogen? Sie war nochmal bei dir im Jahre zweitausendsieben. Du hast ihr erzählt, dass du geheiratet hast, dabei hast du aber erst zweitausendelf geheiratet! Nun gibt es zwei Möglichkeiten, entweder du heiratest einfach nur gerne oder du hast sie belogen! ...ich gehe mal davon aus das du sie angelogen hast!? Ich glaube du weißt gar nicht wie sehr du sie verletzt hast!"

Philipp nickte: „Ja stimmt ich habe sie angelogen! Ich wollte mich von Luise losbinden, mich anders orientieren, ihr nicht im Weg stehen!"

Rosalie wurde etwas energischer: „Mensch Philipp ist dir jemals der Gedanke eingeschossen, dass du mit ihr hättest reden können? Ihr habt euch beide gequält und das alles nur weil ihr nie miteinander geredet habt!?"…Rosalie schüttelte den Kopf… „Wie können Menschen die sich lieben so aneinander vorbei gehen?"

„Was soll ich jetzt machen ich weiß das sie eine Antwort möchte, " fragte Philipp hilflos.

Rosalie sah ihn ernst an: „Was empfindest du heute für sie?"

„Die Gefühle waren nie erloschen, sie sind immer noch da für sie! Vielleicht sogar wesentlich intensiver, " antwortete er.

„Dann rede mit ihr, egal wie du dich entscheidest aber rede mit ihr! Das hat sie verdient, damit sie die Antworten auf ihre Fragen bekommt und damit sie das Thema vielleicht mal abschließen kann."

Philipp nickte: „Gut…ich werde mit ihr reden."

Doch das Gespräch von Rosalie und Philipp wurde von Joel unterbrochen.

Verwundert sah Philipp Joel an: „Oha, was verschafft uns die Ehre deines Besuchs?"

Joel sah ihn an: „Philipp, ich bleibe in Spanien bei Julio! Ich komme im nächsten Monat nach Deutschland und dann können wir alles klären. Heute nehme ich nur meine Klamotten mit, geht das für dich in Ordnung?"

Philipp nickte: „Gut, denn ich möchte die Scheidung! Deine Klamotten kannst du gerne mitnehmen, den Weg findest du ja von alleine."

Joel atmete tief durch: „Gut und alles andere klären wir, wenn ich nach Deutschland komme."

Philipp nickte, schließlich drehte sich Joel um, nahm ihre Klamotten von unten mit und verschwand. Rosalie verfolgte alles mit Spannung, doch sie sagte kein Ton dazu.

Langsam brach der Abend an und Luise ging mit Markus zum Pool um zu schwimmen. Philipp sah von der Dachterrasse auf Luise und er wusste, er musste sich diesem Gespräch stellen. Er wollte Luise nicht mehr verletzen, er wollte ihr endlich ehrlich gegenüberstehen. Markus kam die Treppe zur Dachterrasse hoch und setzte sich zu Philipp und Rosalie.

Rosalie sah Philipp an: „Also falls du einen passenden Augenblick suchst, das wäre er jetzt!"

Philipp schmunzelte und schüttelte den Kopf, dann stand er auf und ging zu Luise an den Pool.

Er setzte sich zu Luise auf die Liege: „Darf ich mit dir reden?"

„Bitte", sagte sie sehr ruhig.

Philipp sah Luise an, schließlich zog er sie hoch und seine geborgenen Arme umschlossen sie. Luise hat sich noch nie so wohl gefühlt und sie wünschte sich, dass es sich nie wieder ändert. Philipp erklärte ihr alles und wieder drangen dicke Tränen an die Oberfläche, wie lange hatte sie auf diese Antwort gewartet. Philipp ließ Luise nicht los, er legte sich zu ihr auf die Liege bis spät in die Nacht hinein. Sie genoss es in seinen Armen und kuschelte sich richtig rein, irgendwann schliefen beide fest ein.

16. Kapitel

Am nächsten Morgen waren Irene und Angela von ihrer Besichtigungstour zurückgekehrt, doch nur Rosalie und Markus saßen auf der Terrasse.

Verwundert sah Angela Rosalie an: „Wo sind die anderen Zwei? Gab es wieder Streit?"

„Nein, sie haben sich letzte Nacht ausgesprochen. Die liegen noch am Pool und schlafen, " antwortete Rosalie.

„Am Pool???" verwundert sah sie Rosalie an.

Irene schmunzelte: „Hm…macht nichts dann bringen wir eben den Geburtstagskuchen an den Pool."

„Ein Geburtstagskuchen???" ertönte es gleichzeitig aus Rosalies und Angelas Mund.

„Ja, Luise hat doch heute Geburtstag!"

„Scheiße, stimmt ja!" sagte Rosalie.

Angela ging zum Pool, wo Philipp und Luise immer noch schliefen. Luise lag mit dem Gesicht eingekuschelt auf Philipps Brust, seine Arme umschlungen sie.

Leise weckte Angela Philipp: „Guten Morgen wollt ihr nicht aufstehen?"

Philipp blickte auf Luise, die immer noch mit ihrem Gesicht an seiner Brust angeschmiegt war. Sanft strich er ihr die Locken aus dem Gesicht und langsam öffnete sie ihre Augen.

„Guten Morgen und alles Gute zum Geburtstag", sagte Angela freundlich.

Langsam erhob sich Luise und sah verdattert Angela an: „Danke."

Schließlich blickte sie Philipp an und schenkte ihm ein Lächeln: „Vielen Dank für die geliehenen Arme", sie drehte sich um und ging auf die Terrasse von ihrer Mutter. Wo sie mit einen Geburtstagsständchen und einen Kuchen empfangen wurde. Luise ließ sich auf ihren Stuhl nieder und trank eine Tasse Kaffee. Etwas später kam Philipp an den Tisch und setzte sich dazu. Immer wieder sah er Luise an, doch er sagte kein Wort.

Doch Irene war schon wieder in ihrem Element: „Luise was hast du heute vor? Heute Abend findet für dich eine Poolparty statt mit Live Musik. Wo natürlich alle dazu eingeladen sind."

Luise musste schmunzeln. Immer wenn sie nach Spanien kam und das war nun mal in den großen Ferien, organisierte ihre Mutter zu ihrem Geburtstag eine Poolparty.

Irene sah immer noch fragend auf ihre Tochter: „Hm...ich gehe heute ans Meer aber ich bin pünktlich zur Feier wieder da, " antwortete Luise.

„Gut, "sagte Irene und ging nach unten.

Luise sah Philipp an: „Möchtest du mit ans Meer gehen?"

Er blickte sie an: „Jetzt nicht, ich komme aber nach."

Luise nickte, stand auf und nahm Rosalie und Markus mit ans Meer.

Philipp blieb noch eine Weile sitzen und seine Schwester gesellte sich zu ihm.

Sie sah ihn an: „Habt ihr euer Kriegsbeil begraben?"

Philipp schmunzelte: „Ja, ich habe viel geklärt unter anderem auch vieles für mich."

„Soooo?" fragte Angela neugierig nach.

„Ja ich werde mein Leben in Ordnung bringen!" antwortete er entschlossen.

Angela beugte sich zu ihm: „...und wie sieht das dann aus?"

Philipp stand auf: „Gut! Bevor ich was Neues beginne möchte ich alles zwischen Joel und mir geklärt haben."

„Ähm...Philipp wie stellst du dir das vor? Das sie noch weitere Jahre auf dich wartet?"

„Nein!" antwortete Philipp direkt.

Angela sah Philipp ernst an: „Du hast einen Knall! Ich würde mich nicht in die Warteschleife von dir stellen lassen."

Philipp reagierte nicht mehr auf die Antwort von Angela und sah auf die Uhr: „So ich fahre nun nach Garrucha bummeln."

Schließlich stand er auf und verschwand, fragend sah Angela ihn hinterher. Luise lag mit Rosalie und Markus am Strand und genoss den Tag.

Doch nach einer Weile des Schweigens sah Rosalie Luise an: „Wie geht das nun weiter mit euch?"

Luise sah sie an: „Ich weiß es nicht...aber ich denke er will vorläufig keine Beziehung mehr."

Rosalie schmunzelte: „Naja irgendwie verständlich, nach so einer Enttäuschung."

Luise sah auf das Meer hinaus: „Tja...ich habe ihm alles gesagt wie ich zu ihm stehe und was ich für ihn empfinde, mehr kann ich nicht tun."

„Warte einfach noch ein wenig, wer weiß vielleicht kommt er ja dann auf dich zu", meinte Rosalie.

Luise musste schmunzeln: „Ja, wenn ich etwas kann dann warten!"

Nun musste Rosalie auch grinsen: „Ja, entschuldige bitte so meinte ich das nicht! Ich meinte damit einfach nur gib ihm noch etwas Zeit."

Luise nickte: „Ich verlange von ihm keine Entscheidung...mir war es einfach nur wichtig das er weiß das es jemand gibt, der ihn wirklich liebt...und wenn er mal jemanden zum Reden benötigt, höre ich gerne zu." Schließlich blickte sie Rosalie ernst an „Ich mache mir da auch keine Hoffnung mehr...ich kann keinen zwingen mich zu mögen und zu lieben."

Rosalie wirkte traurig: „Ja...die Realität ist einfach kein Happy End wie in einen Film...leider nicht!"

Luise schmunzelte: „Ja...leider nicht, die schönsten Geschichten werden nun mal geschrieben und nicht gelebt."

Sie wandte ihren Blick wieder auf das weite Meer hinaus. Am Nachmittag kam Philipp an den Strand und gesellte sich zu Luise und Rosalie dazu. Sie verlebten einen schönen Nachmittag am Strand. Als die Sonne am Meer unterging gingen sie gemeinsam zurück in die Anlage. Irene hatte mal wieder ganze Arbeit geleistet. Um den ganzen Pool rum war alles geschmückt. Mehrere Grills waren aufgestellt und eine Bühne für die Musiker.

„Wow! sagte Rosalie erstaunt.

Luise schmunzelte: „Ja, das haben die hier in der Anlage echt drauf sie wissen wie man feiert."

Als Luise zu sich ins Haus gehen wollte hielt Philipp sie am Handgelenk fest: „Wartest du nach dem Duschen auf mich? Gehen wir zusammen runter zum Fest?"

Sie schenkte ihm ein Lächeln: „Ja, gerne!" dann verschwand sie durch die Tür.

Es dauerte eine Weile bis Luise fertig war und Philipp wartete ungeduldig auf der Dachterrasse.

Endlich kam sie aus der Tür heraus und Philipp atmete auf. Er ging die Treppe runter und nahm sie an die Hand. Luise schaute ihn verwundert an, doch sie sagte kein Wort und ging mit ihm zum Pool wo schon alle warteten. Sie suchten sich einen Platz an einen Tisch. Markus und Rosalie setzten sich dazu, durch das Mikrofon kam eine Ansage wie auch Glückwünsche für Luise. Schließlich stand Markus auf und setzte sich an das Schlagzeug, er spielte mit der Band zusammen „Some Nights" seinen Lieblingssong.

Anschließend sagte er durch das Mikrofon: „Alles Gute zum Geburtstag Mum!"

Luise bedankte sich bei allen und eröffnete das Buffet, schließlich kehrte sie zu ihrem Tisch zurück. Als sie an den Tisch kam stand Philipp auf und überreichte ihr eine rote Rose. Dann nahm er sie an die Hand und setzte sich mit ihr an den Pool. Luise hing ihre Füße ins Wasser und Philipp überreichte ihr ein Geschenk.

„Für mich?" fragte sie überrascht.

„Ja!" antwortete er.

Neugierig packte sie das Geschenk aus. Luises Augen strahlten. Es war ein Lederhalsband mit einem Herz dran. Ein Lederarmband mit dem Indalo das Wahrzeichen von Andalusien und einem blauen Anker dran. Schließlich noch ein Ring mit einer eingravierten Taube drauf.

Philipp nahm sie in seine schützenden Arme: „Weißt du für was diese Symbole stehen?"

Luise schmunzelte: „Für was?"

„Der Indalo für Glück. Der blaue Anker für deine Treue und die Taube für unseren gemeinsamen Frieden."

Luise sah Philipp an: „...und das Herz?"

Plötzlich küsste er Luise: „Für deine Liebe!"

Luise musste schmunzeln und nickte: „Danke Philipp...ich werde es stets tragen, damit ich dich auch immer in Erinnerung behalte."

Sie standen wieder auf und kehrten zum Tisch zurück, wo sich Rosalie angeregt unterhielt.

Schließlich sah sie Luise an: „Also nächstes Jahr, wenn wir wieder hier herfahren nehme ich meine Zwillinge mit."

„Ja, den hätte es hier auch gefallen", antwortete sie.

Philipp sah Rosalie an: „Du hast Zwillinge?"

„Ja, aber die sind diesen Sommer in Dubai bei ihrem Vater", antwortete sie.

Sein Blick wanderte auf Luise: „Ihr möchtet nächstes Jahr wieder hierherfahren?"

Sie nickte: „Ja, das haben wir vor."

Sie unterhielten sich noch bis spät in die Nacht hinein. Wieder einmal wurde es viel zu spät bis sie ins Bett kamen.

17. Kapitel

Luise hasste es Abschied zu nehmen, doch der Tag rückte näher. Am letzten Abend saßen alle noch einmal zusammen auf der Dachterrasse von Irene. Luise ihre Stimmung war im Keller, denn die vier Wochen waren rum und das Bedeutete auch Abschied nehmen von Philipp. Still saß sie in ihrem Stuhl und nachdenklich sah sie über die Dächer von Las Buganvillas. Philipp beobachtete sie und er spürte, dass es ihr schwerfiel. Er nahm den Stuhl neben ihr und setzte sich hin.

Sanft fragte er: „Hey…was ist los? Ich spüre das dein Kopf arbeitet."

Er riss sie wohl aus ihren Gedanken, denn sie sah ihn erschrocken an: „Ich hasse es Abschied zu nehmen!"

Philipp schmunzelte: „Nein nicht Abschied! Nimm die positiven Erlebnisse mit nach Hause und freue dich auf ein Wiedersehen."

Sie sah ihn an und seufzte: „Wann wird das wohl sein? Wieder in zehn Jahren…oder vielleicht gar nicht mehr?"

Philipp nahm Luise in seine Arme. Da waren sie wieder, die Arme die Luise so irre viel Geborgenheit schenkten. Luise legte ihren Kopf auf seine Brust, man konnte seinen Herzschlag deutlich hören. Was sie beruhigte, es gab ihr das Gefühl der Sicherheit.

Philipp strich ihr langsam den Rücken rauf und runter: „Das Leben ist voller Überraschungen und wir wissen nie wo es uns hinführt."

Luise sah Philipp an, schließlich befreite sie sich von seinen Armen, seiner Brust und entfernte sich von seinem Herzschlag, denn sie wusste das gehört ihr nicht!

Sie stand auf und sah ihn ernst an: „Ich weiß nicht…die Überraschungen die ich bisher erleben durfte, waren eher negativ als positiv! Darauf verzichte ich lieber…"

Sie verabschiedete sich und wünschte allen eine gute Nacht. Philipp sah ihr fragend hinterher, doch sie drehte sich nicht mehr um und verschwand durch ihre Tür. Rosalie sah fragend auf Philipp, doch dann stand sie auf und ging Luise hinterher. Sie saß auf dem Balkon von ihrem Zimmer, sie wollte einfach nur allein sein. Rosalie setzte sich zu ihr und beide schauten über die Balkonbrüstung in die Ferne. Luise ihr Kopf arbeitete auf Hochtouren.

Rosalie sah sie an: „Was ist los Luise?"

Bei Luise drangen die Tränen über die Augenlider und rollten langsam über die Wangen: „Verstehst du das alles hier?"

„Hm…versuch es doch mal so zu sehen, du hattest die Chance ihm zu sagen was du für ihn empfindest! Was er nun damit anfängt liegt

nicht mehr bei dir, du hast alles getan was du tun konntest. Man kann niemanden zwingen einen anderen zu lieben aber du kannst nun abschließen und das ist sehr wichtig! Zieh für dich das Beste aus diesen Geschehnissen raus und schließ ab!" meinte Rosalie verständnisvoll.

Luise nickte und beide sahen noch eine Weile in die Ferne, danach ging es ins Bett.

Am nächsten Morgen herrschte ein reges Treiben in beiden Häusern. Es war Aufbruchsstimmung und alle packten ihre Koffer. Luise verstaute ihren Koffer und Markus seine Sporttasche im Auto. Angela räumte mit ihrem Mann zusammen das Auto ein. Als Luise die Treppen hoch kam begegnete ihr Philipp, er ließ Luise nicht vorbei. Provozierend stellte er sich vor ihr, legte seinen Kopf leicht schief und sah sie mit seinen schönen, weichen, blauen Augen an. Langsam hob sie ihren Kopf und sah ihn an, doch sie sagte kein Wort, sie wollte einfach nicht mehr reden. Das was sie ihm schon immer sagen wollte hatte sie gesagt. Es brauchte auch keine Worte mehr, Philipp nahm sie noch ein letztes Mal in die Arme und drückte sie fest an sich. Dann ging er die Treppen runter zum Auto.

Schließlich kam Angela auf Luise zu, mit traurigem Blick sah sie sie an: „Es tut mir leid, ich hätte mir gewünscht es wäre anders ausgegangen!"

Luise musste schmunzeln und leise sagte sie seufzend: „Ja, ich mir auch!"

„Kommst du noch mit runter auf Wiedersehen sagen."

Luise nickte und gemeinsam ging sie mit Angela zum Auto. Heinz und Angela verabschiedeten sich bei Irene und Rüdiger, als Philipp auf Luise zukam.

Schweigend sahen sich beide an, doch dann sagte Philipp: „Wann fährst du?"

„Ich geh noch vorher ans Meer bevor ich Heim fahre. Ich benötige noch mal den Blick darauf! Danach fahren wir los."

Philipp nickte und wollte Luise nochmal in die Arme schließen, doch sie lehnte ab: „Lass mal, denn zukünftig habe ich diese Arme auch nicht!...... „Ich wünsche dir eine gute Heimfahrt" sagte sie traurig.

Nun hatte Philipp einen Kloß im Hals: „Ja, ... das wünsche ich dir auch."

Dann stiegen alle ein und Philipp blickte noch einmal auf Luise. Sie griff nach ihrem Lederhalsband mit dem Herzanhänger, was sie von ihm zum Geburtstag geschenkt bekommen hatte. Sie hielt das Herz fest in ihrer Hand, doch dann liefen Tränen langsam über ihre Wangen bis sie schließlich auf den Boden tropften. Das Auto entfernte sich und Philipp sah auf Luise so lange bis sie verschwunden war.

Nachdem Philipp mit seiner Schwester gefahren war ging Luise mit Markus ans Meer. Sie setzte sich in den Sand und sah eine lange Zeit auf das weite Meer hinaus. Doch dann verabschiedeten auch sie sich von ihrer Mum. Die Heimreise war sehr schweigsam.

www.ingramcontent.com/pod-product-compliance
Lightning Source LLC
Chambersburg PA
CBHW051959170626
46808CB00007B/2696